Gerd Spiekermann

Du kannst mi mol!

Quickborn-Verlag

Die plattdeutsche Schreibweise
ist unverändert vom Autor übernommen worden.

ISBN 3-87651-281-6

Umschlagzeichnung: Christel Hudemann, Hamburg
Gesamtherstellung: Clausen & Bosse GmbH, Leck
*Der Umwelt zuliebe
auf chlorfrei gebleichtem Papier gedruckt
und nicht eingeschweißt*
Printed in Germany

Inhalt

In de Johrn komen

De Noom

Güstern ovend weer ick bi mien Süster up ehr Geburtsdagsparty – un wat wull dat Unglück – kiek ick upmol in een Gesicht, dat ick kennen do. Dat is ja egens noch kien Unglück, man meenst du, mi wull de Noom von den Keerl infallen. He sä glieks: Moin, Gerd! Un ick gau: Moin! Un he denn ja glieks up mi dool, froog no mien Fro un Kinner – un denn weer ick ja egens an de Tour – un muß em ja woll ook no sien Fro un Kinner frogen, man ick kunn mi dor gor nich mehr up besinnen, of he överhaupt verheiroot weer – un up sien Kinner al gor nich. Wenn he denn wecke hett. Oder stell di vör, he hett sick viellicht just scheden loten – oder sien Fro is dootbleven – un du froogst: Wat mookt dien Fro? Peinlich.

Dat eenfachste weer ja, ick froog mien Süster, denn de mööt ja weten, wen se inloodt hett, man dat güng

nich, denn se keem upmol up us af: Na Gerd, is dat nich een Överraschung?
(Wenn ick nu segg: Ja, denn krieg ick den Noom nich rut, wenn ick segg: Nee, denn ook nich. Wat mook ick blots … Oh, ja.) Ick sä: Wat för een Överraschung? (Un denk, nu mööt se den Noom seggen, man wat seggt se?) De Överraschung, dat Ji beiden Jo hier bi *mi* mol weddersehn doot.
Ja, ja, sä ick, dat is wohrhaftig een Överraschung. De is di glückt. (Schiet, wedder kien Noom.) Gerd, hest du denn al von dien Familie vertellt? Ja, ja heff ick. Un denn keek se mienen noomlosen olen Bekannten an: Denn büst du ja nu an de Tour … Un as se nu den Noom seggen dee, dor füng een gegen mi an to hoosten. Wedder nix. Un denn füng he an von sien Fro un Kinner to vertellen, weeßt doch: Mien Fro, mien Kinner, mien Huus, mien Auto, mien Schipp. Stell di vör, de Keerl hett een Schipp, een Seilschipp för 65 000 Euro. Dor seilt he bit no Oslo mit hen. Un in den Momang weer mi dat klor: disse Keerl, de kann gor kien olen Bekannten von mi ween, denn Lüüd, de sick een Schipp för 65 000 Euro leisten köönt, socke Lüüd kenn ick gor nich.

Grödde 28

Also ehrlich geseggt: mi langt. Nu bün ick endlich mol sowiet un will mi neet inkleden, wiel mien Deern mien Tüüg för so langwielig höllt, un wat is? Nix is.

Ick bün also güstern in so'n groot Koophuus mit een grode Herrenafdelung ween, heff mi bi de neje Herbstkollektion för Mannslüüd umkeken – un duur nich lang, dor keem ook al 'n Verköpersch.

Kann ich Ihnen helfen?

Ja, mien Deern, de meent, äh, ick meen, ick harr geern 'n nejen Antog.

Ja, gerne, an was haben Sie denn gedacht?

Na ja, 'n blauen heff ick ja al …

Den zeitlosen hanseatischen für alle Fälle, meinen Sie?

Ja, un nu meent mien Deern, ick schull mol so een mit Striepens …

Ihre Tochter hat Geschmack. Welche Größe brauchen Sie denn?

28.

28? Diese Größe führen wir gar nicht.

Wat? Na denn, besten Dank, un rin in dat neegste Geschäft, wo ook al so een nette Verköpersch stünd.

Ick harr geern een Antog mit Striepens in Grödde 28.

28? Dann wollen wir mal schauen.
Se kickt nu dat ganze Sortiment dör, doch an ehr Gesicht seh ick dat al:
28, das ist nicht so einfach.
Se willt also seggen, Se hefft nix för mi.
Leider nicht.
Ick also rin in Plünnenloden Nr. 3.
Ick harr geern een Antog mit Striepens in Grödde 28.
Oh, oh oh, 28!
Ja, ja, ja: 28, dat is doch een ganz normole Grödde ...?
Das kann man so nicht sagen.
Denn will ick Ehr mol wat seggen, mien gode Fro: so Keerls as ick, dor gifft dat dusende, teihndusende von.
Ja, ja ...
Un ick find, all disse Mannslüüd, de hefft een Recht up een Antog mit Striepens.
Aus Ihrer Sicht ist das verständlich.
Ick will Ehr mol wat seggen: Se köönt de Herren Boss, Joop un Armani von mi bestellen, dat ick ehr verklogen do – wegen öffentliche Diskriminierung von Mannslüüd mit een kräftige Statur.
Goden Dag.

Egen

Egen bün ick ja nich. Nee. Also, klor, ick kiek morgens ook al mol in'n Spegel un kontrolleer, of dat ick mien Hemd richtig toknööpt heff. Un denn pass ick natürlich ook up, of dat Hemd, de Jack un de Büx tosomen passt. Dat Oog will ja ook wat hebben, wenn Ji weet, wat ick menen do. Nee, egen, dat bün ick nich. Ick geev mi blots een beten Möh. Kortens harr ick t. B. to'n eerstenmol mien nejen griesen Antog an.

Een mit Striepens weer ja nich to kriegen.

Man dat is nich so'n griesen, as all de langwieligen Mannslüüd een in't Schapp hangen hefft, weeßt doch so een, de du to'n Hochtiet un ook to'n Beerdigung antrecken kannst. Nee, mien is hellgries. Un dor harr ick een schemern gries Hemd to an, in'n Toon een lütten beten dunkler as de Antog – overs dat schemer as Siede, ganz chic – un dor harr ick mi denn ook noch een silvergriesen Slips to umbunnen. Dree mol gries – un jedet Gries wedder anners un doch Toon in Toon. Un dor kemen denn mien eersten griesen Hoor ook goot bi rut. An de Släfen hefft sick ja nu bi mi 'n poor Hoor von blond no gries verfarvt, de denn no mien Boort to jümmers een beten mehr ward. Overs ebenmäßig, wenn Ji weet, wat ick menen do. Boben up'n Kopp heff ick natürlich noch dat vulle Hoor. Blond. Nich mehr so strohblond as

fröher, is ja klor, mittel – bit dunkelblond, dat steiht mi, overs dat vulle Hoor – mit een lichten Ansatz to Locken, sünnerlich wenn ick se achtern nich so kort snieden loot. Do ick dorum ook nich. Snie mi nich de schönen Locken af, segg ick jümmers to mien Babiersche. Also, foot wi mol tosomen: Griesen Antog, Hemd un Slips, de eersten griesen Hoor an de Släfen, de denn sachten övergoht in den griesen Boort. Un dat vulle Hoor. Ick segg dat blots mol so, Ji weet jo, ick bün nich egen. Overs as ick nu mien eerste Brill hebben muss, dor heff ick dor natürlich ook up acht, dat de mit mien Gesicht un de Hoor harmoneern dee. Ick heff foors to den Optiker seggt: Koom mi nich mit so'n Hoornbrill un ook nich mit 'n Goldgestell. Passt nich to mi. Gold is wat för Angevers. Mien Brill mööt ganz dezent ween, de drööv een meist nich sehn, so dezent. Hett een lütte Stünn duurt, dor harrn wi't. Nee, dat hett mit egen ween överhoop nix to doon. Dat mööt allens stimmen. Harmonie, wenn Ji weet, wat ick, menen do.
Un as ick denn mit mien harmonisch gries Ensemble in't Büro keem, do leep mi een junge Kollegin övern Weg. Se bleev stohn, muster mi von boben bit ünnen, wenn Ji weet, wat ick menen do – un ick sä: Na, gefall ick di?
Ja, Gerd, overs to all dien griese Plünnen passt doch kien brune Schoh.

De Büx is twei

Wat ick nu vertellen will, dat geiht egens de Froonslüüd nix an. Dat is een Männerproblem. Een Männermallöör. Ick weer kortens von twee wichtige Herren inloodt: Arbeitsessen. Un för so een wichtigen Termin treckt een sick denn ja ook al mol 'n beten beter an. Antog weer mit toveel, Jeans to minn, also dach ick: geihst du kombineert. Dat brune Jakkett un de swatte Büx. Un wiel dat bi so een Eten ja meist ook een oder twee Glas Wien gifft, bün ick dor mit'n Taxi henfohrt. Un nu passeert dat Mallöör. De swatte Büx sitt een beten to deep – so as de Baggi-Büx von Xavier Naidoo – un as ick nu achtern in dat Taxi instiegen do, dor kümmt de Büx ünnen so up Spannung un upmol mookt dat rikkkkt. De Noht. De Noht is inreten, de Noht, de von achtern no vörn geiht – un ick heff een Termin mit twee wichtige Lüüd in een Nobelrestaurant. De Fohrt dorhen weer ja al de reinste Quool. Ick muss ja nu eerstmol rutkriegen, wo wiet de Noht inreten weer. Also heff ick mi achtern in't Taxi so'n beten upricht un wull nu vörsichtig de Noht langsföhlen.
Sitt Se nich goot, Herr Spiekermann, froogt de Taxifohrer ganz besorgt.
Nee, nee, allens klor.
Oder knippt dor wat?
Nee, knippt nix.

De Noht weer tomindst 15 cm upreten: dat Lock güng von'n Dumen bi to den lütten Finger. Ünnen is dat ja egol, de, Froog is, wo wiet dat no achtern hooch geiht – över den Mors.
Wi koomt nu an – bi dat noble Hamborger Restaurant ünnen an de Elv. Ick stieg een Trepp dool un treck dor bi dat Jackett so wiet rünner as't geiht un loot nochmol den Finger de Noht langslopen. Ohh. Will hopen, dat süht nüms. Miene beiden wichtigen Lüüd sünd al dor. Goden Dag, goden Dag un denn gau hensett. De Ober bringt de Kort. Ihren Salat holen Sie sich bitte vom Büffet.
Blots dat nich. Ick stoh blots noch eenmol up – to'n rutgohn. Nee, velen Dank, Saloot, dor steiht mi hüüt de Sinn nich no. As dat Eten vörbi is, pass ick jümmers up, dat kien von de wichtigen Herrn mi von achtern süht. Dat glückt mi ook – bit to'n rutgohn, denn höflich as de beiden sünd, heet dat an de Trepp: Nach Ihnen.
Stell di vör – ick stieg nu vör ehr de Trepp hooch un ehr Ogen goht nu de Noht von miene Büx langs. In'n letzten Momang fallt mi wat in: Ohh, segg ick, ick glööv, ick heff mien Kugelschriever up'n Disch liggen loten.
Un wohrhaftig, de beiden fallt dor up rin un goht vörut. Ick bün denn glieks no den neegsten Plünnenhöker föhrt un heff mi neet inkleedt – mit twee swatte Büxen – im Schritt verstärkt.

Keerls över 50

Schall ick Jo mol wat seggen: mi geiht dat jeden Dünnerdag ganz slecht. Ick koom mi dünnerdoogs vör, as weer ick nix mehr weert. Nix. Wo dat von kümmt? Ick studeer jeden Dünnerdag in de grode Zeitung ut Halmborg, för de du een beten Tiet mitbringen möößt, de Siet »Von Herz zu Herz«. Un denn bün ick jedetmol krank. Meist allens, wat de Froonslüüd so verlangt von een Keerl in mien Öller – dat kann ick ehr nich beden.

T. B. söcht een Fro von 48 – dat keem ja hen – een Mann, de erdverbunden, kraftvoll und beständig is. Goot, dat bün ick. Musisch schall he ween, bün ick ook, man denn kümmt't: Du liebst das Leben auf dem Lande mit Tieren, Garten und Wiesen. Nee, velen Dank. Een Huus mit Goorn, kümmt nich in Froog. Ick will mit mien 50 Johr doch kien Kartüffeln mehr utkriegen oder Swienen foorn un Keuh melken, nee, dat heff ick tohuus lang genoog moken mußt. Dor ward nix von.

Nehmt wi mol de neegste Annonce. Aha. Kluge zärtliche Frau mit Charme und blauen Augen – ja, de paßt to mi – sucht den großen – ick bün 1,80 Meter – wirklich schlanken begeisterungsfähigen Mann. Tja, ook wenn ick den Buuk intrecken do, ick bliev een unwirklich schlanken Keerl. Dat gefallt mi ook nich, is overs so. Ward also ook nix. Mol sehn, wat disse Fro will: Sensible Sie im Raum Berlin ... na ja, worum nich Berlin? ... sucht teamfähigen, weltoffenen Er. Wat heet denn teamfähig? Een Team, dat sünd doch dree oder sogor noch mehr Lüüd. Oha. Un denn ook noch weltoffen. Nee, nee, ut dat Öller bün ick rut. Noch een Versöök: Spätsommerwunsch. Klingt ja al mol goot. Möchte mich neu verlieben – jawoll, kann losgohn – in einem Mann mit Interesse an Reisen, Kochen und Klöhnen. Aha ... aha! Ick ohn al, wat dat heet: Reisen, de schall ick natürlich betohlen, Koken, dor hett se kien Lust to un Klöhnen, dat heet, se snackt de ganze Tiet un ick schall dat Muul hooln. Un denn ook noch NR – Nichtraucher. D.h. nich mol een lütte Zigarr ward mi günnt.

Nee, mien Deern, dor ward ook nix von.

Letzter Versöök. Sympathische Frau Ende 40 möchte mit sensiblem Mann einen Kaffee trinken. Klingt so harmlos, un geiht ook nich. De Dokter hett mit dat Koffeedrinken verboden – wiel ick so'n sensiblen Mogen heff.

Nu weet Ji, worum mi dat jeden Dünnerdag so slecht geiht – doch ick weet ook, wat dor gegen to doon is: De Zeitung, de ward afbestellt. So!

Kuckuckskinner

Weet Ji, wat een Kuckuckskind is? Dat is een Kind, dat to di Vadder seggt, von dat du overs gor nich de Vadder büst. Dat kannst du di nich vörstellen? Hahaha. De Lüüd von de Wetenschup, de rekent, dat jedet teihnte Göör een Kuckuckskind is. Find ick ook, is amenn 'n beten veel, overs wenn dat ook blots jedet 50ste is, denn … oha … denn loopt dor ja een Barg Kinner dör de Welt, de gor nich weet, wer ehr Vadder is.

Dat mit disse Kuckuckskinner, dor is ja Boris Becker an Schuld. Dör em sünd ja disse Vaterschaftstests in Mood komen, dör em sünd ja Mannslüüd eerstmols up de Idee komen, dat se nich de Vadder von ehr Kinner wesen kunnen. De nehmt denn 'n Snuller un een poor Hoor von dat Kind – dor denn noch een poor egen Hoor to – rin in't Labor un – denn weeßt du Bescheed. Up disse Oort un Wies hett ja een Vadder kortens rutkregen, dat all dree Kinner nich von em sünd. Dat is natürlich hart. Un annerseen hett 18 Johr Alimente betohlt – un nu kümmt rut: de wohre Vadder is een ut de Noverschup. Wiel disse Keerl overs utwannert is – un von em nix mehr to kriegen weer, hett de Fro sick an een annern ranmookt un nohst den as Vadder angeven – un de hett betohlt. 18 Johr. Nu will he dat Geld wedder hebben – mit Tinsen versteiht sick. Tja, dat is natürlich ook nich schön.

Gottloff, kann mi ja sowat nich passeern. Mien Fro un ick, wi hefft ja veer Kinner – un dat süht een foors, wo de her koomt. De grode Deern to'n Bispill, de hett ganz veel von ehr Tante, de Ogen, de Nees un denn ook so von ehr Wesen, disse kiebige Oort – so as mien Fro ehr Süster. De twede geiht ja mehr no ehr Oma – von de Stimm al, dütlich un klor, de langen slanken Finger un vör all ja ook de krusen Hoor. Sowat gifft't nich tweemol. As mien Fro ehr Mudder. De drüdde Deern – de weer ene Week oolt, un dor hefft wi al seggt: Inge. Ook so'n beten propper un de blauen Ogen. Un wenn de denn so gillt – weeßt doch so hiihhhh – 100 % Inge, mien Fro ehr Mudder ehr Süster. Un denn de Jung – Opa Nr. 2. De Ohren un de Nees, dat seggt se all un denn ja ook disse behäbige Oort. Fehlt blots noch de Zigarr un de Lehnstohl – denn meenst du, mien Fro ehr Vadder sitt dor.
Ji markt also: so'n Vaterschaftstest, dat weer bi us blots wegsmeten Geld.

Nix to seggen

Schall ick Jo mol wat ganz in Vertroon seggen: ick heff tohuus nix mehr to seggen. Nix. As ick güstern morgen upstohn dee un mi duschen wull, kümmt mien drüdde Deern mi tovör:

Ick mööt nu duschen.
Ick ook.
Overs bi mi is dat veel ieliger, denn ick mööt in twintig Minuten no de School. Wullt du, dat ick to loot koom?
Dor segg mol wat up.
Ick denk, na goot, fröhstückst du eerst. Un do fallt mi in: Minsch, von güstern ovend is doch noch een Brötchen överbleven. Man as ick ünnen in de Köök ankoom, sitt dor al mien twede Deern – un wat itt se? Mien Brötchen.
Lecker. Dat gloov ick. Un ick kann Swattbroot eten. As ick dat up heff, do ward't ja ook Tiet, dat ick ünner de Dusche koom. Wat is dat? Nu duscht mien Fro. Ohhh. Na goot, pack ick also al mol mien Tüüg trecht, dat ick denn ook fix loskoom. Mien Armbanduhr is dor, mien Kamm – man wo is de Autoslötel? Ohh, den hett doch woll nich ... Un in den Momang höör ick al buten up de Stroot brmmm – un weg föhrt mien Auto. An't Stüür sitt use grode Deern. Nu langt mi dat over.
Ick no boben in de Bodestuuv.
Weeßt du, wat ick even sehn heff?
Nee, ick stoh ja ünner de Dusch.
Ick heff sehn, wo mien Auto ...
... us Auto ...
... ja, wo us Auto, wo ick vonmorgen mit no de Arbeit wull, just even an't Kökenfinster vörbifohrt is.

Un weeßt du, wer dor an't Stüür seten hett? Diene grode Deern.
Use grode Deern. Se hett mi froogt un dor heff ick seggt: Gerd fohrt ja veel lever mit de U-Bohn.
Do ick normolerwies ook, man vonmorgen bün ick doch knapp in de Tiet.
Ja, denn snack doch nich soveel rum, seh to, dat du los kümmst.
Ick heff noch nich duscht.
Ja, denn do dat doch. Ooohhh.
As ick denn endlich sowiet bün, röppt mien Fro mi noch achterno:
Denk an den Elternovend.
Wat?
Dien Jung … use Jung … ja, he hett di anmellt. Klock acht geiht't los.
Klock acht wull ick mi dat Footballspeel in't Feernsehn ankieken.
Och, dat reegt di doch blots jümmers up. Wi vertellt di achterher, wo dat utlopen is.
Oohh.
Wenn Ji de neegsten Weken in de Zeitung een Geschicht lesen doot von een Mann, de sien Familie vertellt hett, dat he blot mol even Zigaretten holen wull un denn nich wedder komen is, denn weet Ji nu al: Dat bün ick – un mi geiht dat prima.

Öllern

Güstern heff ick wat Nejes lehrt, över Öllern un Kinner un anner Lüüd. Dat keem so: ick harr mit mien Fro een langen Spaziergang mookt un denn sünd wi in een Café inkehrt, wo wi us een Ogenblick verpußten wullen. In dit Café geev dat overs kien Ober, dor muß du di sülvst an de Theke wat holen. Kien Problem – ick heff mi anstellt. Vör mi stund een Ehepoor mit twee lütte Kinner, de jümmers mit ehr lütten Fingers up de Toorten wiesen deen.
Papa, ick will so een Stück, sä de Deern un wies up de Schwarzwälder Kirsch.
Un ick so een! sä denn de Jung un harr den Finger al meist in de Marzipantoort.
»Ick *much* so een!«, sä Vadder scharp.
Un de Jung sä: »Heff ja gor nich ›will‹ seggt!«
De Mudder reserveer wieldes 'n Disch, indem se de Jack von den Jung up een Stohl leggen dee. Nu keem de Familie ja endlich an de Tour. De Fro achtern Tresen kreeg een Tablett her un nu güng't los: een Tass Koffee för Mudder, dor een Stück Appelkoken to, een Glas Beer för Vadder, dor een Mohnkoken to, nu een Tass Kakao för de Deern un dor een Stück von dissen Koken dor – Schwarzwälder? – jo Schwarzwälder. Dat hett Mudder mitkregen un froog glieks:
Is dor Alkohol in?

Ja, overs ganz wenig.
Nee, dat geiht nich, du möößt wat anners nehmen.
Denn Marzipan.
Dor is ook Alkohol in.
Overs ganz wenig.
Geiht ook nich. Nehm wat anners.
Ick will overs Marzipan.
Wat anners oder gor nix!
Kann ick viellicht twüschendöör even twee Tass Koffee …
Nee, nu kümmt eerstmol de Jung. De harr nich uppasst un wull natürlich ook Kakao un sien Marzipanstück, güng overs nich – wegen den Alkohol –, denn Schwarzwälder, güng ook nich, wegen den Alkohol –, also kregen beiden Appelkoken, so as Mudder, wat de Jung overs nich wull, he wull denn doch lever Mohn, so as Vadder. Nix, Appelkoken. Nu ran an'n Disch mit dat vulle Tablett – besett, dor harr sick een öller Ehepoor hensett, de de Jack von den Jung nich as Reservierung ansehn harr.
Kann ick nich doch even twee Tass Koffee …
Nee. Un dat hier is use Disch!
Wat, wegen disse lütte Jack? Is ja lachhaftig.
Vadder hett von all dat Hen un Her Dorst kregen un grippt no sien Beerglas, wat Mudder nich sehn harr un upmol kreeg dat Tablett Slagsiet, dat de Kakao un de Koffee överswapp un de schönen Appelkokenstücken up de Grund fallen deen.

Nu weer Mudder dat all toveel.
Af na Huus!
Un endlich kreeg ick mien twee Tass Koffee.
Un do is mi upmol klor worrn, wat för een Last männigmol Öllern för ehr Kinner un anner Lüüd ween köönt.

Mortadella

Hüüt morgen, ick sitt bi't Fröhstück – un kiek up den Wustteller. Dree Schieven Mettwust liggt dor up, twee Schieven Schinken un veer Schieven … äh … veer Schieven, veer Schieven … Schall ick Jo mol ehrlich wat seggen: mi fallt nich in, wo de anner Wustsoort heten deit. Dat is so'n ganz normole Wust, also Fleeschwust in grode Schieven, gifft dat eenfach un mit lütte gröne Dinger dor in – äh, Pistazien, heet dee, also de grönen Dinger, nich de Wust. De Wust, de heet … de hett so'n gediegen Noom. Nee, nich Jagdwust, de is ja groff, disse is fien un de heet … Mi fallt dat nich in.
Dor heff ick echt 'n Schreck kregen. So fangt dat ja woll an. Over nee, ick weet doch anners noch allens. To'n Bispill Telefoonnummern. Ick kann Jo nu noch seggen, wecke Nummer wi tohuus harrn – as ick teihn Johr oolt weer: 485. Weet ick noch genau. Mien

eerste egen Telefonnummer – dat weer in Wilhelmshaven, de weet ick ook noch: 44 93 06. Un denn de von us eerste Wohnung in Hamborg: 602 97 20. Un denn kunn ick Jo meist de mehrsten Telefonnummern von mien Kollegen herseggen – so butenkopps. Man wat nützt mi dat all, wenn ick an'n Fröhstückdisch sitt un weet nich mehr, wo disse blöde Wust heten deit, disse … disse eenfache Schievenwust, de ook de Kinner so geern eet. Apropos Kinner. Ick besinn mi noch genau, to wecke Stünn mien Kinner up de Welt komen sünd. Wat, Ji meent, dat is doch klor? Bi veer Kinner is dat nich klor. Froog doch mol Joe Keerls, of de dat noch weet. Ji ward Joe blaue Wunner beleven. Doch verdamminochmolto, wo heet nu disse verdreihte Wust hier up'n Teller? Hhhhhrrr! Ick kunn nu natürlich eenfach upstohn un in't Köhlschapp nokieken, of dor noch so'n Paket von disse … disse eenfache Wust mit dissen gediegenen Noom liggt, denn weer dat Problem ja ut de Welt, doch dat will ick nich, ick will dat sülvst rutkriegen.
Also, dorum nu mol ganz locker – deep döroten – hhhhh – un nu Konzentration – Wustschiev, Wustschiev, segg dien Noom! Segg em mi.
In dissen Momang kümmt mien Deern de Trepp dool – se mööt no de School – un natürlich, natürlich – de Tiet is knapp.
Gerd, kannst du mi even een Pausenbroot smeren.

Ja, un wat schall dor up?
Wust.
Wecke Wust?
Na, de dor.
Wecke de dor?
Mit de du just even snackt hest.
Ick heff mit de Wust snackt?
Ja, se schull ehrn Noom seggen.
Un, hett se dat doon?
Nee, Gerd, over vielleicht schußt du mol no'n Dokter gohn un di ünnersöken loten.
Wat?
Ick glööv, du hest dat Mortadella-Syndrom.

Telefonberatung

Wi sitt güstern so fein bi'n Fröhstück, denkt an nix Böös, as upmol dat Telefon pingelt. Häh, viddel vor acht? Um disse Tiet röppt doch anners nüms an. Ick also ran. Moin!
Ist da die Reklamationsstelle vom Versandhaus Meyer und Co?
Ick segg nee, wi sitt hier just bi'n Fröhstöck. Un denn heff ick upleggt.
Knapp heff ick mien Brötchen wedder to foten, pingelt dat nochmol.

Ist da die Reklamationstelle von Meyer und Co?
Ick segg: Moin, Moin, wat gifft dat denn?
Also, ick heff mi ja een Wintermantel bestellt un wat hefft Se mookt: mi een Sommerjack schickt un denn is de ook noch veel to lütt.
Dat weer ja wat för mi. Ick segg: Mien beste Fro, dat is kien Versehn. De Winter is vörbi.
Meent Se dat wohrhaftig?
Ick segg: Klor doch.
Un denn de Farv von den Mantel, den Se sick utsöcht hefft. Geschmacklos. Dat süht ja no Beerdigung ut.
Findt Se?
Ick segg: Jo, un dorum hefft wi Ehr disse schöne Jack schickt.
Overs de is to lütt!
Ick segg: Se schöölt ja ook afnehmen. Hefft Se noch nix von de neje Frühjahrsdiät höört? Teihn Pund in teihn Doog. Steiht doch in jede Zeitung.
Och so, na denn velen Dank.
Dor nich för. Tschüs.
Dat kannst du doch nich moken, seggt mien Fro.
Pah, sühst doch, wo fein dat löppt.
Un denn geiht dat Telefon al wedder.
Ick ran: Hier is de Reklamationstelle von Meyer und Co. Wat hefft Se op'n Harten?
Guten Tag, Herr Spiekermann.

Äh, wat is los. Hier is Meyer und Co, Reklamationen.
Und mein Name ist Seelmann vom Instiut für Verhaltensforschung.
Aha.
Wir untersuchen z. Zt. die Hilfsbereitschaft deutscher Männer um die 50 gegenüber älteren Frauen.
Kiek an.
Sie haben soeben einen Punkt erhalten.
Oha, dat klingt ja goot.
Herr Spiekermann 1 Punkt heisst: schlechter geht es nicht. Auf Wiederhören.

Tunnelblick

Ick dröövja tohuus nich mehr allens seggen. Dat gifft een poor Soken, de hett mien Fro mi verboden. An eerste Stee up de Verbotslist stoht Sätze, de mit Wo is ...? anfangt.
Wo is mien Brill? heff ick ehr güstern wedder froogt un dor is se vergrellt worrn. Socke Frogen höllt mien Fro nich mehr ut. Disse Frogen köönt blots Mannslüüd stellen, Mannslüüd, de to fuul sünd, mol een beten um sick totokieken oder to dösig, sick to marken, wo se wat henpackt hefft, seggt mien Fro.

Un ick segg: Wi köönt dor nix för, wi Mannslüüd, dat liggt in use Gene.
Wat is los?
Un denn heff ick ehr dat verkloort. In fröher Tieden, mol seggen in de Steentiet oder so, dor weern de Upgoven twüschen de Mannslüüd un Froonslüüd noch ganz fast updeelt. De Mannslüüd hefft joogt.
Wat hefft de joogt?
Na ja, Gazellen.
Gazellen?
De eersten Minschen stammt doch ut Afrika, un dor gifft dat Gazellen. Un wiel Gazellen so flink sünd, dorum mussen de Mannslüüd sick ganz vörsichtig ranslieken – druffen nich no links oder rechts kieken – blots liekut – un denn zack – mit een Speer de Gazelle dootsteken.
Aha, un dorum hefft Ji Mannlüüd bit vondogen den Tunnelblick, d.h Ji köönt blots liekut kieken.
Stimmt hoorgenau.
Un wi Froonslüüd?
Ja, ji hefft in de Höhl up uns Mannslüüd luurt …
… un up de Gazelle …
Ja, an't open Füür, dor weern Ji för tostännig, un för de Kinner, de in de Höhl, also in de Wohnköök von de Steentietminschen an't spelen weern, un wiel Kinner ja jümmers Dummtüüg in Kopp hefft, mussen Ji Froonslüüd jümmers rund um Jo to kieken un

upassen um dorum hefft Ji bit vondogen de Översicht un weet wo allens liggt.
Ah ja.
Un dorum froog ick di nu nochmol: Wo is mien Brill?
Na goot, ick will di't seggen: boben up'n Kopp.
Un jo wohrhaftig, ick harr se in miene Hoor rinschoven. Herrlich, nu kunn ick endlich de Zeitung lesen. As mien Fro nu seeg, dat ick mol wedder mit de letzte Siet anfangen dee – wo't ja de neesten Photos von Katie Price, Dolly Buster un Jenny Elvers to bekieken gifft, dor sä mien Fro:
Na, büst' wedder up Gazellenjagd?

Up't beste Huus

Dor gifft dat een Oort in't Huus oder in de Firma, wo du ganz alleen büst, wo du ook ganz alleen ween wullt – Ji weet, von wecken Oort ick snacken do. Doch dat giff ja Lüüd, de dat nich respekteern doot, de dat viellicht ook nich uthoolt, wenn du dor so ganz alleen sitten deist. Un de findt di ook up dissen stillen Oort, wiel ja de meisten Minschen een bestimmte Tiet hefft för ehr eensoom Geschäft. Beleev ick jümmers wedder. Knapp fallt de Döör achter mi in't Slott un ick mook mi dat komodig, pultert dor ook al een in den Vörruum rin.

Gerd, büst du hier?
Dat is mien Kolleeg Heiner. Ick segg over nix.
Gerd, Gerd!
Ick segg jümmers noch nix, doch denn süht Heiner natürlich, dat ene Döör up root steiht: Dicht! Un nu weet he: Hier sitt een!
He bummert an de Döör: *Gerd.*
Hah, nu hett he mi.
Gerd. Ick weet, dat du dor sitten deist. Dat is doch diene Tiet.
Ick geev up: Wat wullt du?
Du, Gerd, dor is een för di an't Telefon.
Hett dat nich Tiet?
Nee, se meent, dat is dringend.
Segg ehr, ick harr just wat anners to doon.
Dat heff ick ehr al seggt, doch se wull weten, wat du to doon hest.
Segg ehr, dat weern dringliche Geschäfte.
Dat heff ick ehr al seggt.
Un wat hett se seggt?
Se glöövt dat nich.
Denn segg ehr, se weer een ole Kreih ...
Dat schall ick ehr seggen?
Ja, un segg ehr ook, ick harr nu just een ganz intimen Termin mit een junge Kollegin.
Goot, wenn du dat so wullt.
Du Heiner, segg mol, wer is dat denn?
Och, blots dien Fro.

Visitenkarte

Du kannst ja hüüttodoogs up kien Party, Empfang oder so mehr gohn, ohn dat di all Lüüd ehr Vistenkorten in de Hand drückt.
Hier, miene Kort.
Of ick de hebben will oder nich, dat is de Lüüd ja all egool. Hauptsook, se ward ehr Kort los.
Heff ick Di al mien Kort geven?
Ick segg denn gau: Ja.
Denn smiet de man weg, hier is mien neje Telefonnummer up.
Viellicht will ick ja dien neje Telefonnummer gor nich hebben, denk ick noch so bi mi – un nehm denn doch sien neje Visitenkort.
Nu is ja Visitenkort nich glieks Visitenkort. De Tiet, wo dor blots de Noom, Adress un Telefonnumer upstund, de sünd ja vörbi. Visitenkorten, dat sünd Kunstwarken. Hochglanzpapier mit bunte Biller, Noom un Telefonummer in Snörkelschrift, dat du glieks denkst: Mann, dat mööt ja een ganz besünnern Minschen ween, de sick socke smucken Visitenkorten leisten kann.
Un wenn du wat up di höllst, denn möößt du natürlich ook ganz besünnere Visitenkorten hebben, dat is ja klor, denn de annern, de kiekt mi ja al jümmers so gediegen an: Wat, du hest kien Visitenkort? Dat kann ja woll nich angohn. Segg mol, leefst du ach-

tern Moond? Un wiel ick dat nich uthool, dorum heff ick mi nu ganz wat Besünners infallen loten, wat nüms hett: dree Sorten Visitenkorten. Nummer 1, swatt up witt: Noom un Adress. Nummer 2: swatt up gröön: Noom, Adress un Telefonnummer un Nummer 3: een ganz besünner Visitenkort: Hellblau mit dunkelrode Bookstoven. Dor steiht blots *Gerd* up un mien *Handynummer.* För ganz besünnere Gelegenheiten.

Un vörgüstern, dor weer so een ganz besünner Gelegenheit. Hmmh. Een Ogensteker. Ganz apart. Se is de eerste un eenzige, de mien Gerd-Handynummer-Visitenkort kregen hett. Overs se röppt nich an. Stell di dat mol vör – siet twee Doog hett se mien Visitenkort – overs se röppt *mi* nich an. Wat? Ick schall ehr anropen? Geern. Ick heff blots kien ... Ohhh, nu begriep ick dat: de echt wat up sick höllt, de hett gor kiene Vistenkorten.

De Machtfroog

In jeden Huushoolt gifft dat ja een, de hett to seggen. Wi Mannslüüd sünd dat ja meisttiets *nich.* Nee! Mannslüüd, de dat meent, se harrn dat Seggen, de bildt sick dat blots in. De markt gor nich, dat de Fro allens in de Hand hett. Wat dat angeiht sünd de

Froonslüüd, dat weet ick, eenfach klöker as wi Mannsbiller. Mien Nober t.B., de kann ja up'n Doot de Farv root nich utstohn, de knippt em in de Ogen, seggt he. Doch wat is los: sien Fro hett dat henkregen, dat se een root Auto föhrt un nu ook noch een root Chaiselongue anschafft hefft. Dat rode Auto, hett se em wiesmookt, ward beter sehn – wat gor nich wohr is – un up dat rode Sofa süht man de Plackens nich so gau as up een swart. Un he hett dat glöövt.
Mien Kolleeg Heiner is ja ook so een »Ick heff't to seggen-Typ«. Doch he is giezig. Dat is sien swacke Stee. Wenn dat an de Urlaubsreisen geiht, organisiert dat all sien Fro, un de will jümmers an't Woter. He will in de Bargen. In de Bargen sünd se noch nich eenmol ween, wiel sien Fro em jedet Johr wiesmoken kann, dat Mallorca billiger as Österriek un Kreta günstiger as Tirol is. As he letzt Johr up'n Disch haut hett, dor hett se dat henkregen, dat se no Zypern fohrt sünd. Se hett em Biller von de Bargen up Zypern wiest, wohnt hefft se overs in een Bungaloh an'n Strand.
Ick kenn dat ja gor nich anners. In mien Familie hefft al jünnmers de Froonslüüd bestimmt, wo't langs geiht. Un in de Familien von mien Öllern weer dat ook nich anners. Dat heet, mien Vadder hett dat gor nich anners kennt, also de wuß, de Mannslüüd hefft nix to seggen. Un dorum hett he ook gor nich eerst

versöcht, bi mien Mudder dor gegen an to gohn. Blots as denn Opa doot weer un Oma bi us mit intrecken dee, dor weer dat upmol nich mehr ganz klor, of nu mien Oma un mien Mudder dat Seggen harr. Egens weer mien Mudder Nummer 1, man in Wohrheit, glööv ick, weer dat mien Oma. Dat weer ja kien Narr, oh, pass up. De harr ja ook toletzt noch fief egene Tähnen. Vörn, de scharpen, de harr se noch. Un wiel ick nu endlich in mien Familie dor von weg wull, also, dat een alleen de Bestimmer is, dorum heff ick genau uppasst, as ick mi verheiroten dee. As wi al vör't Standesamt stünnen, dor heff ick noch gau mien Fro froogt: Du segg mol, *dien* Oma, hett de noch egene Tähnen?
Nee, Protese ünnen un boben.
Goot, heff ick seggt, denn nehm ick di.

Wild parken

Ick wohn ja in so'n lütte Speelstroot – un as vör 25 Johr de Hüüs boot worrn sünd, dor hefft de Architekten meent, in Tokunft hett jede Familie *een* Auto. Un so hefft de ook de Parkplätze berekent. De hefft overs woll nich ohnt, dat de Familien vondogen twee, wenn nich dree Autos hefft. Dat heet: een Parkplatz to kriegen is Glückssook. Overs wiel de

Lüüd vondogen kien Lust mehr hefft, een beten to lopen, dorum ward de Autos eenfach krüüz un queer in us lütte Stroot afstellt. Dat schall natürlich nich ween, denn wenn mol de Füürwehr oder ’n Krankenwogen an een von de Hüüs ran mööt, denn geiht dat nich, denn sitt de fast. Wi hefft ja ook twee Autos, doch wenn ick kienen ornlichen Parkplatz finnen do, denn fohr ick in de Nevenstroot un söök mi dor een. Mien Novers denkt dor anners över. De is dat schietegol, wo ehr Auto steiht, Hauptsook dicht bi’t Huus. Un dorum kümmt ook af un an mol een Gendarm vörbi – un schrifft ehr up. So ook güstern. Kunn ick allens fein von mien Balkon ut bekieken. Ünnen up de Stroot: Wildwest. Tomindst teihn Autos weern verkehrswidrig, wenn nich verkehrsgefährdend afstellt. Jawoll, rut mit den Quittungsblock un her mit de Knöllchen. Recht so. Dat ward ehr dat wille Parken aflehren. Doch wat seh ick dor upmol: mien witten Golf steiht ja ook dör ünnen up de Stroot. Dat … dat kann ja gor nich angohn. Ick heff em doch up’n Besökerparkplatz stellt, so as sick dat höört. Och ja, mien Fro is güstern ovend noch even wegween to’n Inkopen – un … do weer allens vull un äh … se kunn ja nu nich goot mit de sworen Taschen dör half Hamborg lopen. Also, dat mööt een doch verstohn. Dat will ick man glieks den Herrn Gendarm even seggen. Ick also de Treppen rünner un rut up de Stroot. Also, dat mööt de

doch insehn. Dat gifft doch Notfälle. Un bi Notfälle mööt een doch ook nich betohlen.
As ick denn endlich bi den Herrn Ordnungshüter ankeem, harr de nich just in den Momang den Stroofzedel al ünner mien Schievenwischer backt. Un as ick em just vertellen wull, dat mien Fro ... also dat dat een Notfall weer ... dor seh ick, dat is gor nich mien Golf. De is twors ook witt, hett overs een ganz anner Kennteken.
Goden Dag, Herr Genddarm.
Dag, is wat?
Nee, nee ick wull blots seggen, goot, dat se hier mol wedder ornlich dörgriepen doot. Denn för mi sünd Lüüd, de wild parkt, allens Verbrekers.

Mit de Göörn

Bärenmarke

Güstern morgen keem mien lütte Deern ganz upgeregt bi mi anlopen:
Hier, Gerd, hier köönt wi wat gewinnen.
Ick will nix gewinnen.
Doch.
Nee, ick will fröhstücken un de Zeitung lesen.
Doch se leet ja nich no.
Hier kannst du een Wulldeek gewinnen.
Nee.
1,50 mol 2 Meter.
Nee.
In blau.
Hhm, in blau?
Blau is doch dien leevste Farv!
Wat so Kinner doch plietsch sünd. Markt de sick mien leevste Farv un denn meent se al, se hett mi.
Nee. Nüms hett wat to verschenken. Dor mööt een doch bestimmt wat för doon.

Jo, du mööſst anropen.
Ick roop morgens nüms an.
Du mööſst anropen un blots een Satz seggen.
Goot mien Deern. Ick roop an un segg: Her mit de Wulldeek!
Och Minsch, so geiht dat doch nich.
Ick wuß natürlich, dat dat so nich geiht.
Dat is wedder een von disse dösige Anroopgeschichten, wo du so een totol bregenklöterigen Werbe-Satz seggen schaßt. »Ick putz mien Tähnen jümmers mit Doropast, denn geiht mi dat achterher veel beter.« Dat schull mol een ut de Firma mitkriegen, dat weer een Spooß.
Also goot, wies her den Satz. Wat: Nichts geht über ..., ..., Qualität.
Ja, dat mookst du goot. Ick roop an.
Un denn tippt se ook al de Nummer in, lustert un ...
Nu, Gerd, segg den Satz.
Nichts geht über Bärenmarke, Bärenmarke-Qualität. Heff ick nu gewunnen?
Spiekermann, seht Se to, dat Se in de Firma koomt – ick mööt mit Se snacken.
Ooh. Deern, dat weer mien Chef, wat hest du mookt?
Na, du hest doch sulvst seggt: Dat schull mol een ut dien Firma mitkriegen.

Champagne

Wat schenkst du een goden Fründ, de een runnen Geburtsdag fiert? Een CD – de he amenn al hett, een Book, de he amenn gor nich lesen will? Nee, du schenkst em een goden Buddel. Dor kannst du nix verkehrt bi moken. Ick also rin een Loden för exclusiven Wien un Sekt un heff mi nich lumpen loten – för mien Fründ Heiner, de letzten Sünndag sien 50sten Geburtsdag nofiern wull: 32,50 Euro heff ick utgeven för een Buddel mit echten franzööschen Champagne – brut, superdröög also. Un denn bün ick ook noch in een annern Loden för Geschenkpapier gohn un heff een Buddeltüüt för 4,50 Euro mit Dick un Doof-Motiven köfft, denn Heiner is ja een Stan & Olli-Fan. Dat allens heff ick in de Köök up't Schapp stellt. As mien Fro un ick us nu güstern ovend fein geburtsdagsmäßig anplünnt harrn, wull ick Heiner sien Geschenk holen – doch dat weer weg. Na, dach ick, hett mien Fro woll al von't Schapp hoolt ... harr se nich ... un dat kann ja woll blots heten, dat mien grode Deern ...! Overs eerstmol ganz sinnig: Weeßt du, mien leve Dochder, wo de Buddel afbleven is, de hier boben up't Schapp stohn hett?
Natürlich weet ick dat.
Ja, ick höör.
As wi güstern ovend ut'n Kino komen sünd, dor harrn wi Dorst un dor heff wi den openmookt.

Wat?
Ja, overs so'n ekeligen Kroom heff ick ja mien Leefdag noch nich drunken. Erstmool is de Korken mit een groden Baff an de Deek knallt ...
Ja klor, wiel de Buddel warm weer!
... un denn weer de Sekt ja suur as man wat – bääh.
Dat weer kien Sekt, mien Deern, dat weer echten Champagne.
Un wenn ook, de weer suur.
De weer brut, superdröög, dat is de beste Soort, de dat geven deit.
Us hett de nich smeckt un dorum hefft wi den weggoten.
Wat hefft Ji mookt? Ohhh. Un wat is mit de wunnerschöne Tüüt, mit Stan un Olli, wo is de bleven?
Heff ick glieks in de Mülltunn smeten.
Also, dat is ja ... mi fehlt de Wöör. Un wo kriegt wi nu een Geschenk för mien Fründ Heiner her, dat is Sönndag, de Lodens sünd dicht.
Kien Problem, dat gifft doch Tanksteden.
Also nee, doch wat schullen wi moken. Wi no de neegste Tankstee hen, wo se natürlich kien Champagne harrn, blots halvdrögen Sekt un Dick un Doof-Tüten harrn de ook nich, blots een so'n verknükelte, de von Wiehnachten över bleven weer.
Wenn nu nochmol een kümmt un seggt: Kinner mookt Spooß, denn kann ick blots seggen: disse Spooß is overlangs overs recht wat düür.

Neje Möbeln

Mien Deern quäält mi ja al siet Weken, dat se neet Möbelmang in ehr Zimmer hebben willt. Na ja, goot, ick seh dat in. Den Schrievdisch, den hett se, glööv ick, to ehr Kunfermation kregen – nu is se achteihn, un dat Schapp, dat hett se sogor von mien Süster ehr Swiegermudder arvt, as de 75 worrn is. Dit Johr fiert se ehrn 83sten. Also goot, de sünd up, dat geev ick to. Man, vör dor wat Nees köfft ward, wull ick den doch lever Moot nehmen, dat nohst ook allens passen deit. Man as ick güstern ovend mit mien Tollstock bi mien Dochder ankloppen dee, dor heff ick ja meist een Doolslag kregen. Ehr Zimmer, dat is gor kien Zimmer, dat is een Lock. Ehr Tüüg – schietig un rein, liggt up den ganzen Footbodden vertreet. Kien Dörkomen! Up de Finsterbank – een Galerie von Colabuddels. Up't Bett Schoolheften, Böker, Lineolen un Kulis. De Schrievdisch – Zeitungen, Böker, Papier! Ick mööt mi hensetten – man up den Sessel liggt Handdöker – to'n drögen. Mi egol, ick mööt von de Fööt af – auuh! Mi hett wat steken!
O ja, schön, seggt mien Grode …
Schön?
… nu weet ick endlich, wo ick den Zirkel henleggt heff.
Nu langt't! Den nejen Schrievdisch un dat neje Klederschapp, de kannst du di ut'n Kopp sloon!

Nu keem mien Fro dor överto.
Een för allenmol kannst du di de ut'n Kopp sloon …
De Deern kann dor doch nix vör …
Wat?
… disse Slampig- un Slurigkeit, de hett se von di.
Von mi? Dat is ja lachhaftig.
Ick weet noch, sä mien Fro, as wi us kennenlehren un ick dat eerstmol dien Studentenbude sehn heff.
Dat höört hier doch nu gor nich her …
Bargen von Böker un Zeitungen, Strümp un Hemden harrst du eenfach up so'n Bulten tohoopsmeten …
Nu, loot doch de olen Geschichten …
Doch an'n meisten hett mi ja de Bloom in de Voos up dien Schrievdisch duurt. De harr dat letzte Woter schiens vör seß Weken kregen.
Dat is gor nich …
De weer swart un hett stunken – un du hest dat noch nich mool markt!
Ick finn dat nich schön, dat du dat nu hier vör de Deern …
Gerd, krieg ick also doch mien neje Schapp un mien nejen Schrievdisch?
Dor hest du't, dor hest du't …
Wat heet dat denn, seggt mien Fro, ick vertell doch blots de Wohrheit över di.
So! De Wohrheit! Blots dat mit Bloom in de Voos, dat stimmt nich, dat weern blots veer Weken.

Nix passeert!

Vör'n poor Doog reep mien grode Deern mit in't Büro an un'sä glieks:
Mi is nix passeert.
Ick sä, ja, dat is ja goot, blots ... ick begriep dat nich.
Och, sä se, dat is ook nich so wichtig, Hauptsook is doch, dat mi nix passeert is.
Ja, dat is so, man nu seggt doch um Gotts Willen mol ...
Un dorbi passeert vondogen so licht mol wat. Bumms – un dat is sowiet.
Bumms?
Tja, dat is doch so, passt du mol för'n Ogenblick nich up – bumms!
Also nu wurd mi dat toveel: Wo hest du 'n Ogenblick nich bi uppasst un wo is nix bi passeert?
Dat is doch egool. Mi is doch nix passeert.
Ick will dat weten!
Beter is, du weeßt dat nich, denn anners reegst du di wedder so up ...
Wat is passeert?
Mi is nix ...
Dat weet ick.
Also goot, de Wogen löppt noch.
Wat is los?
Tja, vör mi hett upmool een bremst, eenfach so. Ohn Grund.

Un du?
Mi is nix passeert.
Wat hest du mookt?
Ick wull in'n letzten Momang no rechts utweken, man …
Wieder!
Dat weer to knapp un ›tack‹ heff ick mien Vörmann so'n beten anstött.
Ick denk bumms?
An sien Wogen is nix to sehn. Gor nix.
Un an mienen?
De ene Lamp is twei un …
Woveel?
De Kotflügel hett ook wat afkregen …
Woveel?
500.
Euro?
Gerd, nüms rekent noch in Mark.
500 Euro, dat is ja … also … wi snackt dor vonovend över. Denn heff ick upleggt. Un veel loter is mi dat eerst klor worrn, worum se jümmers seggt hett: *Mi* is nix passeert.

Taschengeld

Mien Fründ Klaus, de hett ja ook een Reeg Kinner, so as ick, un wenn wi us denn mol so droopt, denn hefft wi us ja jümmers ’n Barg to vertellen – över us Kinner. Nülichs harrn wi’t över dat Taschengeld. Bi em geiht dat ja no den Grundsatz: in welke Klass du büst, soveel Geld du kriggst. Also – sien Jung is in de drüdde Klass – dree Euro, sien Deern in de neegte – negen Euro – in de Week.
Tja, segg ick, un koomt de dor mit ut?
Dor mööt de mit utkomen!
Un den Rest klaut se di ut’t Pottmonnee!
Mien Kinner – nie!
Klaus, denk doch mol retour, as wi noch lütt weern. Do reck dat Taschengeld ook nich. Mien öllern t.B., de weern ja so gegen disse Fix & Foxy-Hefte, dorum kreeg ick blots fief Groschen de Week. Dat reck overs nich. As ick grötter weer, wullen se mi dat Smöken aflehrn – ook dör knapp Taschengeld.
Un, wat hest du mookt?
Ick heff dat mookt, wat wi woll all mookt hefft – ick heff Mudder dat Geld ut de Schörtentasch klaut – dor verwohr se ehr Lüttgeld in – denn ick wull Fix & Foxy un smöken.
Gerd, du hest dien egen Mudder beklaut?
Du nich?
Nee, mien Mudder, nie, ick heff de Groschens ut

Vadder sien Büxentasch nohmen, wenn he slopen hett. Overs ick harr jümmers een ganz slecht Geweten dorbi.
Dat ehrt Di, man klaut is klaut.
Tja, un wo mookst Du dat nu, dat diene Kinner di nich beklaut
Wi hefft tohuus in't Kökenschapp so'n brune ole Tass stohn. Dor smiet ick ovends mien Lüttgeld rin.
Un dor bedeent dien Kinner sick denn ut?
Ja, dat doot se.
Mann, Gerd, ick gloov...
... na, Klaus ...
... ick gloov, so'n ole Tass, de heff ick ook noch in't Kökenschapp stohn.

Wohrheit

Mit de Wohrheit nehmt wi dat bi us tohuus ganz genau. Lögen is een Sünnen, dat hefft wi us Kinner bibröcht. Man ick weet nich, of dat goot ween is. Dor ward ja soveel logen jeden Dag, un wenn just dien Kinner bi all Gelegenheiten blots mit de Wohrheit vör Dag koomt – dor hest du ja nix as Maleschen von.
To'n Bispill harrn wi annerletzt mol wedder so'n

Oorts Familiendag. Unkels un Tanten, Vettern un Cousinen, all weern se dor. Wunnerbor.
As eersten keem Unkel Emil. De is noch so'n beten ut de ole Kist un mag dat nich hebben, wenn de Kinner eenfach so an em vörbiloopt un *Hi* seggt. Heff ick mien Jung also anspitzt, dat he em ornlich goden Dag seggt. Unkel Emil kümmt – de Jung up em to un gifft em de Hand: Moin, Unkel Emil.
Moin, mien Jung
Doch do vertreckt de Jung upmol dat Gesicht: Ihh, Unkel Emil, wat hest du för een sweetnatte Hand.
Tja, dat is de Wohrheit. Unkel Emil hett jümmers so'n sweetnatte Hand, man mööt de Jung em dat seggen?
An'n Koffeedisch güng dat ja glieks wieder. Tant Henny, de hett ja tolangt, segg ick jo. Hett mien lütte Deern ook sehn. Tant Henny, ick denk du hest dat so mit de Gall, un nu büst du al bi dat drüdde Stück Schwarzwälder. Dat is nich goot.
Tant Henny is de Kokengovel meist in'n Hals besteken bleven.
Un denn weer dor ja ook mien Cousine Inge. De hett jümmers Pech mit de Mannslüüd. Se lehrt een kennen – un no veer Weken is denn ook al wedder ut. Denn is se jümmers ganz trurig un blarrt us de Ohren över de gräsigen Keerls vull. Doch wat seggt mien grode Deern to ehr:
Tja, Inge, Masse statt Klasse.

Dor weer de Familiendag mit lopen – un nich blots dat: Inge seggt, wi harrn de slimmsten Kinner up de Welt, Tant Henny vertellt överall, wi weern giezig un günnen ehr nich mol een Stück Koken un Unkel Emil hett mi glieks ut sien Testament streken.

Wat hett Thomas Mann mol seggt: Es ist schwer, es zugleich der Wahrheit und den Leuten recht zu machen.

Thomas Mann mutt dat weten, de harr ja ook een Stall vull Kinner.

Wedder tohuus

Brikett

Ick heff ja bestimmt nix gegen Nostalgie, mi freut dat sogar, dat een poor von de olen Soken nu wedder up'n Markt sünd. Ahoi-Brause t.B. Heff ick mi ook al 'n lütte Tuut von köfft, an'n Finger lickt un denn so as fröher dat kribbelige Pulver dor ruthoolt. Hmmh. Uroolt sünd ja ook disse spitzen Schoh, de nu wedder in Mood sünd. Socke drogen de Froonslüüd al in de fofftiger Johren un hefft sick dor de Fööt mit twei mookt, wiel de so eng sünd. Heff ick mien Deerns ook seggt. *Dat sünd kien Schoh, dat sümd Föötttweimoker.*
Egool, de mööt de hebben.
Schöön is ja – för mi – dat nu Cord wedder in is. Cord dreeg ick ja an'n leevsten. Heff ick mi glieks 'n Jack un twee Anzüge köfft.
Doch wat mi ganz un gor nich egool is, dat nu in de Bomärkte socke Böötovends, socke Kamine anbo-

den ward. Gegen disse Kamine hefft ick ja nix, de mookt sick goot in de Stuuv, wenn de ganze Familie dor umto sitt, heten Tee oder Grog drinkt un in't Füür kickt. Man mi mookt ja wild, dat wi disse Kamine mit Brikett befüürn schöölt. *Brikett,* dit Woort kann mi al mall moken. *Brikett.* In jeden Ovend keem fröher Brikett. Un de geev dat nich so schöön afpackt as nu – handlich, praktisch, mit so'n Metallband dor umto. Nee. Wi kregen de Brikett ja von de Raiffeisen-Genossenschaft. Wenn in'n Sommer överall to lesen stund: *Jetzt billig Kohlen kaufen!* denn bestell mien Vadder een halven Hänger Brikett. Dree Doog loter keem denn een Lastwogen bi us vörfohrt un kipp sien halven Hänger Brikett vör de Stalldöör af – un denn mussen mien Süster un ick de emmerwies rinslepen. Wi druffen de overs nich eenfach in de Eck smieten, nix: *upstopeln.* Worum, weet ick nich. Ick heff een poormol to mien Vadder seggt: Meenst du, de brennt beter, wenn een de upstopeln deit?

Süht overs örnlicher ut, sä mien Mudder. Un wenn wi denn endlich dor mit klor weern, denn heet dat: So, nu goht man ook noch even röver no Oma, de hett ook Brikett kregen – ook 'n halven Hänger, un de meen ook, dat dat veel schöner utsehen dee, wenn de Briketts fein upstopelt sünd.

Also, ick heff nix gegen Nostalgie – overs wenn ick wat von Brikett höörn do, denn ward mi't swatt vör Ogen.

De Tähnen

As ick Kind weer, dor kunn ick ja över lange Johren von all de Verwandten mien Grootunkel Korl an'n leevsten lieden. De kunn vertellen! Mann! Goot, he vertell foken de sülvigen Geschichten teihn, wenn nich twintig Mol, doch dat weer mi egool. Dat weer de Oort, wo he de vertellt hett. Dat hett up mi jümmers een starken Indruck mookt. An'n leevsten vertell he jo Witzen – över de he sülvst ook noch an'n luutsten lachen dee. He hau sick denn mit Vergnögen up de Knee un lach – hahahaha – wat ick so noch nienich höört harr. Un wenn he denn sien Mund bi dit' Lachen ganz wiet openreet, denn kunn ick wat sehn, wat ick bit dorhen ook noch nienich sehn harr: Bi sien hahahaha löös sick de boberste Tähnreeg af un klapper up de ünnerste. Klack-klack. Dat hett up mien een starken Indruck mookt. Mannomann, heff ick dacht. Unkel Korl, dat mööt ja een ganz besünnern Minschen ween, de kann mit de Tähnen klappern. Doch Unkel Korl kunn noch mehr. As Oma ehrn 80sten Geburtsdag fiern dee, dor weer Unkel Korl ook dor, un as he twee Glas Beer un fief Sluck drunken harr, dor heet dat: Korl, vertell us wat. Un denn fung he wedder mit sien Witzen an. Bi de eersten twee keem wedder sien hahahahah un de Tähnen klappern up'n anner, doch denn keem Witz Nummer dree. Extra

för Di, Martha, sä he to mien Oma un stell sick hen.
Also, höört mol to. Dor is Alarm bi de Füürwehr. All Füürwehrlüüd springt hoch, rin in de Uniformen, Helm up un rup up'n Wogen. Blots de Hauptmann fehlt noch.
Endlich kümmt he, de Hannen in'e Tasch. Minsch, wo bliffst du denn? Alarm weer al vör 10 Minuten. Wi koomt to loot.
Loot Jo Tiet, Lüüd, seggt de Hauptmann, wi koomt eher to fröh.
To fröh, roopt sien Lüüd, to fröh?
Ja, dat Finanzamt brennt. Un denn keem wedder sien hahahaha – doch ditmol passeer wat Afsünnerlichs: sien Bobertähnen klappern nich blots, nee, de flogen upmol ut sien Mund rut – susen över den Disch un lannen bi Oma up'n Schoot. Oohhhh. Sowat harr ick noch nie sehn. Grootartig. Doch Oma hett 'n Schreck kregen un loosschreet. Ahhhh! Oma, Oma, heff ick ropen, worum schreest du denn? Dat is doch Unkel Korl sien Geburtsdagsgeschenk.
Batz, dor harr he mi ene knallt. Oh, so'n Gemeenheit – un von dor up an weer Korl nich mehr mien leevste Unkel, dat weer nu Unkel Hemmann, denn den sien Tähnen klappern von ünnen *un* von boben.

Hannes sien Leven

Wenn ick mol mien olen Fründ Hannes ut mien Heimatdörp anropen do, denn heet dat: Na, wo geiht't? Wat mookt dien Fro, wo geiht't de Kinner? Sünd Ji al up Urlaubsreis ween? Un denn ward hen- un hersnackt un jümmer is allens goot. Egens hefft wi us nix to vertellen. Dorum froog ick jümmers:

Is dor denn nüms dootbleven in dien Verwandtschup?

Nee, seggt Hannes denn meist.

Man dor loot ick em nich mit döör. Ick segg: Nu överlegg doch mol. *Een* mööt doch afreist ween.

Nee.

Wo kann nu sowat angohn? Ick mööt noch scharper warrn.

Ick segg: Hör mol, mien leve Hannes, dat is nu meist al teihn Weken her, dat wi dat letztemol mit'nanner telefonneert hebbt, un nu wullt du mi vertellen, dat in de Tiet nich een von dien Lüüd dootbleven is? Dat kann ja woll nich angohn. Wat is mit dien Oma, de harr't doch so mit Hart?

De geiht dat wedder goot. Hett acht Weken in't Krankenhuus legen, sünd wi jeden Dag henween …

Un dien Unkel Korl, segg nich, dat de ook wedder up'n Damm is.

Is de ook nich, ick mööt tweemool de Week mit em to'n Ünnersöken, dat is di een Wark.

Un Tant Berta, de hebbt se doch mit Blaulicht in't Krankenhuus brocht …
… ja, dat güng up Leven un Dood.
Ja, un nu?
Siet güstern is se wedder dor, doch de Dokter kümmt morgens un ovends …
Och Gott, dat kennt man ja, hest nix anners to vertellen?
Ick heff een neet Auto.
Kiek an.
Ja, dat anner weer twei. Totoolschoden.
Wo is dat komen?
Is mi een rinföhrt.
Na endlich kümmt Leven in de Bood.
Dat hett rummst, segg ick di.
So will ick Di höörn, Hannes. Un – hest wat afkregen?
Nee, nix, as dör een Wunner.
Oh, Hannes, du deist mi leed. So een langwielig Leven, dor harr ick kien Lust to.

Karkhoff

Tweemol in't Johr fohr ick ja no Huus, d. h. in mien Heimatdörp. Un denn geiht mien eerste Gang jümmers up'n Karkhoff. Dor liggt mien Öllern un

Grootöllern – man so'n Karkhoff, de hett ook so wat, sowat von Stillte un Andächtigkeit. Doch as ick anner Week mol wedder dor weer, leep mi nich an'n Ingang foors Tant Geers in de Mööt un de hett mi glieks vertellt, dat mien olen Schoolfründ Klaus nu ook von sien Elke weg is – Kurschatten.
Nee, is dat wohr?
Ja, se hett in Bad Lauterberg een nejen Keerl kennenlehrt. Un du weest doch, de beiden weern doch dorbi, een neet Huus to boon.
Ja, heff ick höört.
Allens vörbi. Se hett mit ehrn nejen Mann von Bad Lauterberg ut dat Huus verköfft, stell di vör von Bad Lauterberg ut.
Un Klaus?
Ward utbetohlt.
Na denn, nu will ick overs noch even no mien Öllern kieken.
Mien Heiner hett mi ja de Köök tapziert.
Schön, Tant Geers.
To mien 75sten. As Geburtsdagsgeschenk.
Na, denn groleer di noch.
De Tapeten heff ick von mien Süster kregen.
Prima, Tant ...
In dree Doog weer allens wedder as neet.
Wunnerbor, man nu will ick doch wieder ...
Hans Hinrichs hett ja ook den Wogen gegen 'n Boom sett.

Nee!
Doch. Up 'n Weg no Bremen.
Wat will denn in Bremen?
Werder.
O Gott!
Schietfootball heff ick ook seggt. Overs he – muß dor hen.
Is goot, Tant Geers, nu will ick mol …
He hett ja fix wat afkregen.
Nee!
Doch. Wo heet dat noch, wenn de Kopp so, weeßt doch …
… Trauma?
Nee, sowat nich. Dat heet anners.
Fraktur?
Ja, dat klingt al beter, overs is dat ook nich.
Tja, du Tant Geers, ick will nu …
Gehirn …
Gehirnerschütterung?
Ja, dat is't.
Na, denn …
Hest mien nejen Schoh al sehn?
Ja, sünd mi foors upfullen.
Man nu will ick …
Hefft blots 46,90 kost.
Ja, Tant Geers.
Wenn du een Geetkann bruken deist …
Bruuk ick nich! Tschüs! Tant Geers.

Tja, so'n Karkhoff, de hett wat, sowat an Stillte un Andächtigkeit – blots dat hett sick noch nich överall rümsnackt.

Mien eerste Geld

Mien Opa, tja, de harr ja jümmers een Snack: Dat Geld, sä he, dat ward foken licht un denn wedder ook ganz swoor verdeent.
Disse Snack fallt mi jümmers wedder in, wenn ick an Bernhard Martens sien Graff stoh. Unkel Bernd, as wi säen, dat weer'n Veehhändler, un de güng bi us in un ut. Wi harrn ja een Weertshuus – un he mook sien Geschäften mit de Buurn bi us. An jeden Sönndagnomiddag dreep he sick ook mit sien Mackers to'n Kortenspelen: Schoopskopp. Von Unkel Bernd heff ick ook mien eerste Mark verdeent. Domals weer ick veer/fief Johr oolt. Un dat weer een Sönndag. De Kortenspelers hauen wedder up 'n Disch, drünken Sluck un' Beer un weer goot togang. Blots Unkel Bernd, ick kunn dat marken, de keek jümmers up de Klock.
Mitmol reep he mi to sick her: Gerd, wullt du mi een Gefallen doon? Kriggst ook 'n Mark.
Ene Mark?
Ene Mark.

Wat schall ick dorför doon?
Paß op. Ick mööt nu glieks noch even mit'n Auto los, schall noch no Buur Kortlang, de will mi vonovend fief Bullens verkopen. So een goden Hannel heff ick lang nich mookt. Goh even no mien Huus un segg Tant Lene Bescheed, se schall nich mit't Eten up mi luurn.
Mehr schall ick nich doon?
Nee, mien Jung – un hier hest de Mark.
Ick denn ja los – hen no Martens sien Huus. Tant Lene stund in de Köök achtern Herd.
Äh, ick schall Bescheed seggen …
Ick weet, segg se, Bernd kümmt nich.
Nee, he mööt no Buur Kortlang, de will em vonovend noch fief Bullens verkopen …
So, hett he dat seggt?
Ja, un so 'n goden Hannel, de kann he doch nich susen loten.
Dank di, Gerd, dat du Bescheed seggt hest, sä se un wisch sick mit de Schört dör't Gesicht.
In de sulvige Nacht is Bernd Martens mit sien Auto mallöört – liek vör 'n Boom föhrt. He weer foors doot – un de junge Fro, de bi em in'n Wogen seten hett, de is veerteihn Dog loter sturben.
Wo weer Opa sien Snack man noch: dat Geld ward foken licht un denn ook ganz swoor verdeent.

Ovendbroot

As ick Kind weer, dor heff ick ja veel lever bi mien Oma un Opa eten as tohuus – vör all to Middag. Sünnerlich Oma ehr Suppen, de weern ja lecker. Eenmol keem ick overs ook to Ovendsbrootstiet, man blots eenmol. Dat geev twoors dat sülvige as bi us tohuus – Swattbroot mit Wust un Kees – blots wat Oma up'n Disch kreeg, dat weer allens oolt.
Dat seeg so ut: in so'n lütten Korf legen t.B. noch dree Swattbrootschieven. De weern meist dröög un krüllen sick an de Siet al no boven. Oma mook nu een neet Pund Broot up – man dat schoov se ünner de olen drögen Brootschieven. Nu keek ick up den Kees. De weer ook al von vörgüstern, un wiel Oma un Opa ja noch kien Köhlschapp un ook kien Frischhaltefolie harrn, blots een lütte Spieskomer, dorum harr de Kees al so'n beten dat Sweten kregen. Na egool, nehm ick even de Mettwust. Man as ick de seeg, dor dach ick: egens is Mettwust doch root, man disse weer ... also root weer de nich mehr. Nu kreeg Oma noch een Fischdöös up'n Disch mit so'n Dekkel to'n updreihen. Hering in Tomatensauce. De Döös weer blots noch half vull un an de Siet weern een poor Tohlen in upstempelt. As ick mi disse Tohlen bekieken dee, do mark ick, dat weer dat Verfallsdotum. »Haltbar bis zum 17sten« stund dor. Wi harrn overs al den 25sten.

Nu kreeg sick also jeder een Schriev dröög Swattbroot her, smeer dor Botter up (of de noch goot weer, weet ick nich, de leeg ja up'n Teller) – un dor heff ick mi nu een Schiev Kees up leggt. Un wiel ick ja de Gast weer, druff ick de böberste Schiev nehmen. Dor heff ick also nu rinbeten. Dat Swattbroot knack twüschen miene Tähnen un bi den Kees muß ick tweemol tobieten, so tooh weer de al.
Oma un Opa harrn 't wat lichter. De nehmen eenfach ehr Gebitt rut un stippen dat dröge Broot samts den Kees oder de Wust in ehrn Koffee in.
Goden Aptiet, sä Opa denn noch.
Un siet de Tiet heff ick nie mehr bi Oma un Opa Ovendbroot eten – denn ick kunn miene Tähnen ja nich rutnehmen.

Sült

Ick harr ja vör gor nich so lange Tiet Geburtsdag. Un denn gifft dat ja Geschenken. Böker, CDs un Blomen. Nu gifft dat ja ook jümmers wedder Lüüd, de överleggt sick ganz wat Besünners för so een Dag. So ook een olen Fründ ut de Heimat, de hett mi een Wustkorv schunken. Een lütten Bastkorv vull mit Mettwust, Lebberwust, Rotwust, Jagdwust, Schinken un Sült. In't Glas. Topfsülze. De Mettwust, Lebberwust, Rootwust, Jagdwust un den Schinken, denn hefft wi al meist up, man dor steiht jümmers noch de Sült. Un dor koom un koom ick nich ran. Mien Vadder weer ja Slachter, Huusslachter, un bi us wurrn ja all Johr twee Swienen slacht. Bün ick jümmers bi ween. Ook bi dat Wustmoken. Vadder, de kunn ja so lecker Mettwust, Lebberwust, Jagdwust un Rotwust moken. Un ook sien Schinken weer 1a. Un eerst, wenn all dat gode Fleesch wegarbeit weer, keem de Sült an de Tour. Denn in de Sült, dor keem ja allens rin, wat överbleven weer. *Allens.* Un wenn ick allens segg, denn meen ick allens. Lütte Fleeschstücken, de noch an de Knoken hangen deen, Speck, jümmers wedder Speck, ook Sworten, rin dor mit, un wenn de Hund den Steert noch nich wegsleept harr, denn keem ook de noch ünnert Mest. Un denn allens rin in den groden Fleeschpott, Solt un Peper dor an, Gelantine nich vergeten un denn rin in de Dösen. De muß ick nu todreihen – un nohst wurrn de dichtkookt. Wenn denn een poor Doog loter de eerste Döös up den Ovendsbrootdisch keem, denn seegst du kien Sült, du keekst up Smolt. Fingerdick. Un dor ünner weer de Sült, disse Mischmasch ut Speck un lütte Fleeschstücken un Sworten. Un denn seeg ick, mien Vadder harr nich goot arbeit: fief witte Borsten hefft mi ankeken. Dat fund ick ekelig, un dorum heff ick dor fingerdick Semp up smeert. Doch de Borsten weern starker as de Semp un keken dor bold dör un ick muss dat eten. Bah. Un dorum, wenn ji mi för Gewalt wat schenken willt – un dat schall nich een Book, een CD, een Buddel oder een Blomenstruuß ween – un ji koomt ook up so'n Wustkorv, denn passt blots up, dat dor kien Sült bi is, denn bi Sült, dor hööürt bi mi de Fründschup up. Basta!

Frikadellen un Beer

Mien Öllern harrn ja so'n olen Landgasthoff, mit Middoogsdisch un Jubiläumsfiern un Hochtieden, blots dat weern ja anner Tieden as nu. Is ja ook al veertig Johr her. Dat weer ja fröher allens anners. So 'n Verbraucherzentrale, de een Oog up allens harr un wo een sick ja beroden oder ook beklogen kunn, sowat geev dat nich. Ick weet noch, wo af un an mol een poor Lüüd von't Eichamt kemen. De muss Vadder denn de Köömbuddels up'n Disch stellen un denn wurd spindelt. D. h. de wullen kontrolleern, of Vadder den Kööm viellicht mit Water streckt harr. Harr Vadder nich, wenn dat Eichamt keem, denn wi harrn ja al Telefoon un Vadder harr een goden Fründ bi't Eichamt. De hett denn achterher 'n Buddel Doornkaat kregen. Is ja vondogen ook allens anners. Vondogen kriggst du dat nich mehr rut. De koomt een-

fach un willt denn allens sehn, ook un just de Köök. Dor hett Mudder ja fröher nüms rinloten. Se wull sick doch nich in jeden Pott kieken loten. Ehr Spezialität weern ja Frikadellen. Wenn de Sportvereen sien Versammlung harr, denn hett Mudder 50 Frikadellen mookt. Oma hett de Zippeln tweisneden – dat kunn de, ganz lütt, so mit'n ganz scharp Mest. Keem ook al mol vör, dat se sick dor in'n Finger bi snieden dee – denn weern de Zippeln ganz root. Overs Hackfleesch is ja ook root. Rin dor mit in so'n grode Kumm, ornlich Solt un Peper ran, Paniermehl nich vergeten un de Eier – un denn hett Vadder mit sien grode Hannen dat Ganze so dorwalgt. Dat kunn de. Dat Sweet stund em foken vörn Kopp – doch he hett wiedermookt – ook wenn em dat mol nich so goot güng un he hoosten muß oder sick snuven dee. Jümmers wiedermoken. Un disse Frikadellen, de weern di lecker, dat glöövt Ji nich. De Smack – eenmolig! Up dat Spannenste för us Kinner weer ja de anner Morgen, denn hefft wi gau keken, of dor viellicht noch een Frikadell för us överbleven weer. Meist harrn wi Glück, blots eenmool hett Mudder vergeten, de in'n Köhlschrank to stellen, dor weern de weg. Harrn nachts de Müüs upfreten.
Is ja vondogen ook allens anners. Ook dat Beertappen. Wenn t.B. morgens Klock söven al de eerste dorstige Minsch bi us vörn Tresen stund – »Gau 'n Sluck un'n Glas Beer, gau, ick mööt no de Arbeit« –

denn heff ick as lütte Jung em noch vör de Schooltiet bedeent. Mit wat för een Vergnögen he dat Glas Beer wegneiht hett. Bühhaaahhh! mook he denn, gau noch den Kööm achterher un weg weer he.
Ick heff bit vondogen overs nich begrepen, worum dissen Keerl dat Glas Leckbeer von annern Ovend so lecker smeckt hett.

Dat Leven kann overs hart ween

Tabus

Jümmers wedder ward ick froogt: Segg mol Gerd, gifft dat egentlich ook wat, wo du nix över vertellen magst, also hest du Tabus?
Tabus, nee, de gifft dat egentlich nich. Ick vertell von't ganze Leven. D.h., wenn ick dor nu mol so över nodenken do, denn mööt ick seggen: wenn anner Lüüd een Mallöör hefft, dat is för mi egens kien Thema. So as kortens mien Nover Hannes, denn hefft se binnen twee Monoot dreemool dat Auto upbroken un dat Radio stohlen. Stell di dat vör. Un jümmers direkt vör'n Huus. He liggt boben in sien Bett un slöppt un ünnen breekt se em den Wogen up. Dreemool! Un bi Autoradios hett he ja nich spoort, nee, ümmer von't Feinste. So een mit CD-Player. Stück 450 Euro, blots dat Radio, von dat tweie Slott un den Lackschoden gor nich to snacken. Is argerlich, is argerlich – för em! – un dorum ook kien Thema för mi.

Ick wurd ja ook nie wat vertellen över mien Tant Erna, de mol in de Iesenbohn ehr Handtasch vergeten hett. Mit dat Pottmonnaie un den Huusdöörslötel. In Frankfurt! In letzten Momang hett se dat noch markt, wull denn noch up den fohren Tog upspringen, doch dor sluut sick ook al de Döörn un ehr Mantel ward inklemmt – inklemmt! Nu fohrt de Tog an – nee sowat dröff een ja nich vertellen – un se kann natürlich nich lang mitholen – ratsch – de Mantel twei un denn breekt ehr ook noch de Afsatz von ehrn Schoh af. De Foot umknickt! Aua! Ovends Klock negen – in Frankfurt! De Nacht hett se bi de Bahnhoffsmisson slopen mußt – ohn Pottmonee kriggst du ja kien Hotelzimmer. Ook argerlich.

Dor över to lachen, nee!

Oder mien Fründ Heiner. Den sien Fro weer för'n poor Doog verreist un he wull ehr mit een neje Stuveninrichtung överraschen. Bestellt dat nu bi so een groot Möbelhuus un de wullen dat denn ja ook an den Dag bringen, as sien Fro wedder komen is. He smitt dat ole Sofa, den Disch, dat Büffet un allens rut – lett dat von'n Sperrmüll afholen – blots, wat will dat Unglück – de Lastwogen von de Spedition kümmt to Mallör un as sien Fro no Huus kümmt – steiht nich een Möbelstück mehr in de Stuuv. Gelungen, segg ick blots, gelungen!

Over, nee, dat is natürlich ook kien Thema, nee, nee,

över anner Lüüd ehrn Schoden to vertellen, dat hôört sick ja nich – mookt overs an'n meisten Spooß!

Time Machine

Weet Ji wat een Time Machine is? Science-Fiktion-Fans kennt so een Apparat natürlich, so 'n Time-Machine. Dat is een Apparat, wo du di mit retour oder vörutscheten kannst – in de Tiet. Du stellt also in: 1. Mai 2525 – in the year 2525 – un rupps büst du dor. Dat heet, wenn dat de Welt denn överhaupt noch geven deit. Anners hest du Pech hadd. Veel schöner is ja dat Retourreisen. Ick wurd ja instellen:

28. Februar 1968, morgens Klock 10 vor 10. Denn rupps, bün ick wedder retour an mien ole School, in de teihnte Klass un schriev 'n Mathearbeit. Man ditmol schriev ick kiene fief, denn ick weet ja, dat geiht um A-Quadart un so. Un denn schriev ick 'n twee, na goot, dree plus, man dat reckt un denn harr mien Leven een ganz annern Dreih kregen. Denn wegen mien fief druff ick domols nich in't Kino – mit mien Fründin Susanne. Dat heet, se weer noch gor nich mien Fründin, overs wiel ick nich in't Kino druff, is se dat ook nich worrn. Mit'n twee oder dree plus

harr dat overs bestimmt klappt, denn wi harrn us den Film »Zur Sache Schätzchen« ankeken – mit Uschi Glas und Werner Enke, de weer jümmers total abgeschlafft un meen: Das wird bös enden. Susanne seeg ook meist so ut as Uschi Glas, se harr tomindst de Hoor ähnlich so. Un denn ... ja, denn weer dat bi us ook in Sachen gohn, denn Uschi, äh ... Susanne un ick, wi weern wohrschienlich tosomen bleven, ganz bestimmt sogoor, wi harrn tosomen Urlaub mookt, harrn tosomen studeert, harrn tosomen heiroot, harrn een grode Hochtietsreis mookt – no Hawaii natürlich, weern denn no Hamborg trocken, is ja klor, harrn tosomen een Huus boot, Kinner kregen un weern de glücklichsten Minschen von de Welt worrn ... Oder ook nich, denn een weet dat ja nich, wo dat mit Susanne utgohn weer, denn bi Uschi Glas t.B., dor hett dat ja ook böös endt.
Ick glööv, ick loot mi mit de Tiet-Maschien nich retour in dat Johr 1968, nee, ick loot mi up vörgüstern retourscheten, un twors up Klock viddel no 11 morgens. To de Tiet hefft se mi ja up de Autobohn blitzt mit 120, un dat ward mi seker 50 Euro kosten.

To Besöök

Wi weern vör'n poor Doog to Besöök bi Dieter un Gisela, de wullen us wiesen, wo fein se ehr Huus umboot harrn. Un wohrhaftig: de ganze Ingangsbereich weer nu licht un open. Glieks rechts weer de Köök – Essbereich un glieks dor an de Stuuv – de Wohnlandschaft. Wi also eerstmol rin in de Köök un hefft us den nejen Heerd un allens bekeken, as Dieter mol even verswinnen dee. Gisela weer just dorbi, de Koffeemaschin antosmieten as se froog: Dieter, wullt du Koffee oder Tee? Tee-eee! Keem dat wat hallig ut'n Flur retour – un ick dach, Dieter, de is woll just in'n Keller un hoolt 'n Buddel Beer oder sowat. Doch denn – brrrr – ruusch upmol dat Klosettwater. Gediegen dach ick, klingt ja meist, as wenn he de Döör nich tomokt hett. Wi denn ja in de Stuuv rin un nu ran an den Appelkoken un de Himbeertoort. No 'n gode halve Stünn weer ook bi mi de Koffee dörlopen un ick muß mol no't beste Huus. Dat harrn se ook renoveert: kiene Heizung, dorför overs Kacheln von boben bit ünnen. As ick mi nu just hensetten wull, dor höör ick upmol Gisela:
Gerd, schall ick di noch een Tass Koffee noschenken?
Nee, velen Dank.
Un wo is't mit'n Stück Koken?

Ook nich. Ick bün satt.
Ick heff ook noch Botterkoken.
Nee, velen Dank, dat deit nich nödig.
Mook ick doch geern för Di.
Nee, loot man.
Is goot.
Ick heff ehr klor un düütlich höört un se hett mi klor un düütlich höört. Dorbi heff ick doch de Döör achter mi tosloten. Wo kann dat angohn? Un nu mark ick, in de Klosettdöör weer so'n Lock mit'n Gitter dor vör, as man dat bi Badezimmers hett. Wat schall dat denn? Man dat weer noch nich allens: de Döör gung gor nich bit ganz no ünnen up de Grund, dor weern tomindst noch twee Zentimeter free. Un nu wurd mi klor, worum ick Gisela so klor un düütlich verstohn kunn – un annersrum, se mi ja ook. Man dat heet overs ja, wenn wi beiden eenfach so miteenanner snacken köönt, denn kann se ook allens klor un düütlich höörn, wat sick … Upmol harr ick dat Geföhl, dat hett allens ook Tiet, bit wi wedder tohuus sünd.
Un wat schall ick jo seggen, wi weern gau wedder tohuus.

Tombola

So'n Tombola, dat is ja een Glücksspeel. Lütten Insatz – groden Gewinn, groden Insatz – Trostpries, allens is möglich. Heff ick sülvst ook al allens beleevt. D.h. de Reisen oder Autos, de hefft jümmers de annern wunnen, ick bün meist mit 'n Pralinenkasten no Huus marscheert. Un disse Pralinenkasten hett mi eenmol 100 Euro kost. 20 Lose to 5 Euro heff ick kofft un dor weer denn man just een Gewinn bi – de Pralinenkasten. Un ick mag gor kien Pralinen. Man Gottloff harr ja annern Dag mien Tante Geburtsdag – de hett sick freit.
Klor, dat mit de Priese, dat is Glückssook. Man af un an geiht ja ook al bi de Organisation von so een Tombola wat scheev. So wat in de Oort heff ick kortens beleevt. Een grode Firma harr to een Seniorennomiddag mit Koffee un Koken, mit Musik un Klönsnack inloodt. Von överall her hefft se de Ehemoligen mit Bussen tohoopfohrt – un dat weer een wunderbore Stimmung in'n Sool. No twee Stunnen nehm de Chef denn dat Mikrophon un künnig nu den Höhepunkt von dat Fest an: de Tombola. Un dat schöönste is: för disse Tombola bruukt de olen Lüüd kien Extra-Losen to kopen, up jede Intrittskort steiht ja een Nummer – dat sünd de Lose.
Nu ward't also spannend. De drüdde Pries fallt up de Nummer 1 – 8 – 5. 185. Wokeen hett 185? Nu geiht

de Sökeree in de Handtaschen un Portemonnaies los un denn endlich: Elfriede Meyer, 81 Johr, hett gewunnen. Un wat hett se gewunnen: een Hängematt för den Goorn. Kann een ganz licht twüschen twee Appelbööm upspannen. Veel Spooß dormit, Fro Meyer.
Velen Dank, seggt se, un leggt dat Paket mit de Hängematt in den Korv von ehrn Gehwogen.
Nu koomt wi to den tweden Pries, un de fallt up de Nummer 3 – 7 – 7. 377. Hier! Dat is Olga Petersen, 79 Johr, un se gewinnt een Kobeltrummel. Ganz praktisch, wenn een, t.B. de Heck scheren mööt, mit een elektrische Heckenscheer, dor sünd 30 Meter Kobel up. Wat is los, Fro Petersen, Se wohnt al siet 14 Johr in't Olenhuus? Tja, man liekers, veel Spooß mit de Kobeltrummel. Nu kümmt de Pries Nummer een un fallt up de Nummer. 421. Hier! Otto Martens: Groleer ook, Herr Martens, Se hefft een Football gewunnen – mit de Ünnerschriften von all de HSV-Spelers! Otto nimmt den Ball: Ick heff fröher overs bi St. Pauli speelt, vör över 60 Johr. Nu goh ick an'n Stock! Tja, man kann nich allens hebben in sien Leven! All uns Gewinners seggt wi: veel Spooß mit ehr Priesen – un wieder geiht mit uns Shantychor: Nimm mich mit, Kapitän, auf die Reise!
As ick al sä: So'n Tombola is een Glücksspeel: lütten Insatz – groden Gewinn oder gor kien Insatz – Schietgewinn.

Positiv denken

Ick heff ja johrelang nich an socke Lotterien un Gewinnspele deelnohmen, denn ick heff ja nienich wat wunnen. Doch: 'n Pralinenkasten. Nich mol op'n Jahrmarkt bi disse Losbuden – blots Nieten. Mien Fro seggt ja jümmers, ick gewinn blots dorum nich, wiel ick dor nich an glöven do. För ehr hett Gewinnen wat mit positive Gedanken to doon. Positiv denken, dat heet natürlich nich, wenn du in den Emmer mit de Lose griepen deist un denkst: Ick will gewinnen, ick will den eersten Pries, her damit! Dat hölpt nich. Dat mööt so ganz von binnen komen – mit een Tovertruun – as dat een lütt Baby to sien Mudder hett, wenn se em de Bost geven deit. As ick weet, heff ick al no ene Week den Buddel kregen – un dorum fehlt mi ook dit Tovertruun. Overs mien Kinner, de sünd all stillt worrn – an'n längsten de twede Dochder – een half Johr – un wat schall ick Jo seggen – de gewinnt in ene Tour. Dorum nehm ick ehr ook jümmers mit, wenn dat bi een Festlichkeit een Tombola geven deit. Kortens up so'n Ball ook wedder. Dat Los kost 4 Euro, Gewinnchancen 1:5. Dat heet, up fief Nieten kümmt een Gewinn. Wi hefft 10 Lose köfft = 40 Euro – un nu positiv denken, ganz positiv, stell di vör, Heike leggt di an de Bost. Wat? Ja, Tovertruun. Un nu griep in de Trummel – un wi harrn 3 Gewinne, also een mehr as us no de Statistik tosteiht. Na, Ji köönt Jo denken, dat wi Middernacht nich aftöven kunnen un de Hauptpries utloost wurd: twee Weken Mallorca in een Veer-Sterne-Hotel. Overs leider: hefft wi nich kregen, doch so een lütten Gewinn is ja ook nich to verachten. Los Nr. 1: een Ventilator. Na ja, in de Stuuv steiht al een. Overs egol. Nr. 2: een Bohrmaschin. Goot, de von letzt Johr süht noch ut as neet, man de hoolt ja vondogen ook nich mehr so lang. Un to bohren hett een ja egalweg wat. Nu Nr. 3: een Koffeemaschin. Dor hefft wi al veer Stück von liggen, overs bi grode Festlichkeiten kann een ja ene mehr doch goot bruken. As wi no Huus kemen, hett mien Fro blots mit'n Kopp schüddelt: ick denk de Hauptpries weer een Reis na Mallorca? Ji hefft wedder nich positiv dacht. Doch, dat hefft wi, overs för Mallorca harrst du de Deern noch een Johr länger stillen mußt.

In't Restaurant

Mit dat Personool is dat vondoog so'n Sook – in de Cafés un Restaurants, meen ick. Nich dat de Lüüd fuul sünd, nee, Gegendeel, se hefft veel to veel to doon. Wo fröher dree Kellners weern, mööt nu een dat all alleen berieten. Personalkosten! Un wat kümmt dor bi rut: du töövst een halve Stunn up dien

Tass Koffee un 'n dreeviddel Stünn up dien Salootteller. Dat is doch kien Tostand. Man dat gifft een Middel, dat du gauer an dien Tass Koffee un dien Salootteller kümmst.

Stell di mol vör: een Restaurant, goot besett un blots een Ober. Egoolweg geiht an de Dischen een Finger hooch: Herr Ober, hier ... So kümmst du nich wieder. Ick mook dat mit mien Fro jümmers ganz anners.

Wi nehmt us de Spieskort vör un denn geiht't los.

Wullt Du nich mol wedder Rumpsteak eten, Gerd?

Ick, Rumpsteak? Hier? Büst du jeck! De kriegt ehr Fleesch doch von de Freebank.

Nu stoht de eersten al up.

Na, denn nehm doch Cordon Bleu, weeßt doch Hähnchenfleesch mit Schinken un Kees dor in.

Bäh, heff ick annermol hadd. Keem ja woll direkt ut't Iesschapp. Buten verbrennt un binnen noch allens stief froren. Cordon Bleu – niemehr.

Fief Dische sünd nu noch besett.

Na, denn probeer doch mol dat Lachssteak. Du magst doch so geern Fisch eten.

Jo, over nich hier. Kannst di dor nich mehr up besinnen, as wi vör dree Monoot hier weern, dor heff ick Forelle eten – un wat weer as wi wedder tohuus weern?

Stimmt, ick heff den Notarzt holen mußt! Gott, dat güng ja up Leven un Dood bi di.

Bi dat Woort Dood stoht nu ook de letzten up – un endlich köönt mien Fro un ick bestellen. Se nimmt Rumpsteak un ick dat Lachssteak.

Töven bi'n Dokter

Man noch slimmer is mit de Töveree in dat Wartezimmer von 'n Dokter. De Fro an den Tresen seggt jümmers ganz fründlich: Nehmen Sie einen Augenblick Platz.
Man wenn du denn in dat Wartezimmer kümmst – denn is dat brekenvull von Lüüd. Von wegen Ogenblick.
Ick tell denn jümmers kort döör, reken för jeden Patienten 8–10 Minuten – un weet: du sittst hier tomindst twee Stunnen. Un dor steiht mi de Sinn gor nich no. Wat is hier nu to doon? Ick sett mi eerstmol hen un denn froog ick mien Nover to'r Linken: Na, wat fehlt di denn?
Och, ick hefft dat in de letzte Tiet jümmers so mit'n Mogen.
So, mit'n Mogen. Weeßt du egens, wo foken just bi'n Mogen de Dokters Tabletten verschrievt, de dat Lieden noch verslimmert statt to betern?
Nee.
Bi jeden tweten Fall is dat so. Mien Fründ Heiner

weer kortens ook hier, ook wegen sien Mogen, hett ook Tabletten kregen ...
Un denn?
Un denn? De mööt nu al siet 'n halv Johr een strenge Diät holen – wegen de Tabletten!
Nu ward Tiet notoreken: Aha, de Wartezeit liggt noch bi ene Stünn. Teihn Lüüd sünd rut. Nu kiek ick no de Fro mi vöröver. Na, is dat bi Di ook de Mogen?
Nee, ick schall een EKG moken loten.
Dat Hart! Kriggst' een Schrittmoker?
Ja, dor gifft dat ja nu ganz neje.
Du kriggst overs een ole, dor hett de Dokter noch een poor von liggen. De mööt weg.
Wartezeit: noch 'n halve Stunn.
Nu sitt dor noch fief Lüüd. Un wat hefft Ji? Een Keerl schüürt sick an sien Been. Aha! Durchblutungsstörungen. Hest' güstern nich de Zeitung leest, von den Keerl, den se ut Versehn dat rechte Been afnohmen hefft un dorbi weer dat dat Linke.
Tja, un fief Minuten loter stoh ick bi den Dokter in sien Behandlungszimmer.
Na, was fehlt uns denn?
O, Herr Dokter, ick wull blots weten, gifft dat Spalttabletten ook up Rezept?

Up Parties

So Geburtsdagsfiern oder Parties, de mookt mi ja jümmers een Heidenspooß. Un disse Spooß, de heet bi mi: Lüüd ankieken.
Letzte Week ook wedder. Mien Swegerin hett ehrn 52. Geburtsdag fiert. Klor, mien Fro un ick dor hen. Un wenn denn so Klock dree dat an Koffee un Koken geiht, denn geiht dat Kieken los. Ick mööt sehn, wo sick de Lüüd anstellt mit de Schwarzwälder Kirschtuurt, mit dat Koffeedrinken un wat se anners so mookt. Un wenn ick denn eerstmol wat sehn heff – also mol seggen – so Egenoorten, wenn Ji weet, wat ick meen, denn kann ick mien Ogen dor nich von afloten. Ick mööt dor henkieken.
To'n Bispill Unkel Albert. De kriggt dat nich hen, sick een Stück Schwarzwälder so up'n Teller to doon, ohn dat dat umkippt. Oh, seggt he denn jümmers, dat gifft een böse Swegermudder. Un denn lacht he: Hehehehe!
Blots Unkel Albert is een goden Kokeneter, sünnerlich bi Schwarzwälder Kirsch, dor neiht he geern dree dicke Stücken von weg un jedetmol gifft dat een böse Swegermudder. Hehehehe. Mien Cousine Magret, de höllt nix von Koken, de smöökt lever een Zigarett no de anner. Un de hett de malle Angewohnheit, an de Zigarett as för wild to sugen, denn ritt se den Mund up, de natürlich vull Rook steiht

un denn »Pahhh«, rin dor mit in de Lungenflögels. Nehmt wi mol an, dat se an ene Zigarett 12–15 mol sugen kann – un dat se an so een Geburtsdagnomiddag 5–6 Zigaretten smöken deit, dat mookt 80–90 mol »phahhhhh«. Un ick mööt mi dat ankieken. Noch beter is dat mit Jochen, de Broder von mien Swoger. De mööt sick mit allens, wat he drinken deit, den Mund utspölen. Also, de drinkt Koffee, Beer oder Woter – so – un denn höörst du jümmers ftftft un huppphh. He worgt dat dool. Un ook dor kann ick al gor nich an vörbi kieken. Un wiel ick jo kien Egoist bün, will ick, dat ook mien Fro dor ehrn Spooß an hett un stööt ehr an: Kiek mol, kiek mol. Unkel Albert kriggt glieks wedder een böse Swegermudder.
Un se: Büst du still.
Doch denn is't al sowiet: Hehehehe.
Un kiek mol, Magret hett sick wedder een Zigarett ansteken: pahhh!
Mien Fro höllt dat denn nich mehr ut: Ick mook mi natt – un weg is se.
Schood, just even harr sick Jochen doch een Buddel Beer upmookt un nu verpasst se dat beste: ftftftft.

Dösige Urlaubsfrogeree

Weet Ji wat: Ick fohr nie mehr in Urlaub. Nie mehr! Nich, dat mi dat Verreisen kien Spooß moken deit. Gegendeel, blots wat mi ja ganz grulich up de Nerven geiht, dat is de Frogeree achterher.

Kuum hool ick mit mien Auto vör'n Huus still un pack ut, kummt al de Noversche anlopen:

Na Gerd, Urlaub al vörbi?

Ja, vörbi.

Un wo sünd Ji ween?

In Holland, Belgien un Frankriek.

Schön, Frankriek kenn ick ja ook, dor bün ick vör twee Johr eerst ween – in'n Süden, also in Süüdfrankriek, wo't den goden Rootwien gifft. Is dat nich schön – kickst in't Middelmeer un drinkst dorbi Rootwien. Herrlich.

Ja, doch nu mööt ick utpacken.

Annern Morgen droop ick up'n Weg no de Arbeit Fründ Klaus.

Na Gerd, Urlaub al vörbi?

Ja, vörbi.

Un wo sünd Ji ween?

In Holland, Belgien un Frankriek.

Schön, Frankriek, kenn ick ook, dor bün ick fröher foken henfört ...

Dat kann ja woll nich angohn ...

… doch, in'n Süden, also Süüdfrankriek, wo't den goden Rootwien gifft.
Is dat nich schön …
Ick weet, wat du seggen wullt: kickst in't Middelmeer …
Genau, un drinkst dorbi Rootwien. Herrlich.
Ick weet, doch du, Klaus, segg ick denn, ick mööt wieder an de Arbeit.
Up de Arbeit ankomen, geiht't ja eerst richtig los.
Mien Kolleeg Heiner:
Na! Gerd, Urlaub al vörbi?
Ja, vörbi.
Un wo sünd Ji ween?
In Holland, Belgien un Frankriek.
Schön, Frankriek kenn ick ook …
Ick weet, dat du Frankriek kennen deist …
Woher weeßt du dat?
All, Lüüd kennt Frankriek, vör all den Süden …
Ja, stimmt, ick ook …
Ick sä, jo, Süüdfrankriek, wo't denn goden Rootwien gifft. Is dat nich schön …
Ja, dat is schön, wenn du in't Middelmeer kickst …
… un drinkst dorbi Rootwien.
Un do heff ick mi swoorn: Urlaub nie wedder – bit neegst Johr, denn fohr ick wedder no Frankriek, in'n Süden, wegen dat Middelmeer un den Rootwien.

Utreden

Mien Vadder hett, as ick Kind weer, jümmers to mi seggt: De um een Utreed verlegen is, de is nich weert, dat he ut den Schlamassel wedder rutkümmt. Dat is bi mi hangen bleven. In de Schooltiet harr ick ja rieklich Gelegenheit, mi rutoreden. Wenn ick to'n Bispill to loot keem, denn keem ick nich mit socke eenfachen Geschichten as »Bus verpasst« oder »Mien Fohrrad harr een Platten« – nee, ick heff seggt: »Bi us hett hüüt morgen een Koh kalvt.« Dat hett Indruck mookt. De meisten Schoolmesters harrn ja kien Ahnung von Keuh un hefft dat bestaunt, dat ick dorbi ween muß.

Blots eenmol hett een Schoolmester mi froogt: Segg mol, dien Vadder, de dräggt doch de Post ut – hefft Ji nebenbi ook noch 'n groden Buurnhoff, dat bi Jo all poor Doog 'n Koh kalvt?

Muss ick mi wat Nees överleggen. Dat weer vör all nödig, as ick in de achte un neegte Klass weer, dor harr ick ja allens anner in'n Kopp as Schoolarbeiten. Wenn de Schoolmester denn mol wedder de Heften kontrolleern dee, denn keem dat ja rut. Denn heff ick een ganz eernst Gesicht mookt un heff seggt: Also, mien Opa, de hett ja blots een Been, dat anner hett he in'n eersten Krieg verloorn un güstern harr sien besten Fründ Geburtsdag un dor muss ick mit hen, wiel Opa denn ja jümmers … also he nimmt

sick denn wecke un denn sünd Vadder un Mudder bang, dat he henfallt un denn mööt ick em no Huus helpen.
Sowat kannst du natürlich ook blots twee, höchstens dree Mol vertellen, denn mööt Opa alleen sehn, wo he no Huus hen kümmt.
Nu is ja de Polizei upstunns veel achter de Autofohrers her, de bi't Fohren mit ehr Handies telefoneert. Dat kost ja 60 Euro un een Punkt in Flensborg gifft't noch bobento. Is ja ook brandgefährlich, dat weet jedeneen – un doch heff ick dat kortens ook mookt un heff nich uppasst – de Gendarms fohren direkt gegen mi – un ick heff se nich sehn. Muß ick rechts ran. Heff ick foors an Vadder un den Schlamassel dacht.
Äh, mien Fro hett mi just even anropen – bi us is inbroken worrn un ick mööt nu gau no Huus.
Oohh, hett de Gendamm seggt, bi Se is inbroken worrn? Na, denn geevt Se mi mol ehr handy.
Un denn drück he up de Wahlwiederholungstaste un snack mit mien Fro.
25 Euro muss ick betohlen – un as he mi dat handy retourgeev, dor hett he noch seggt: Na denn, veel Spoß hüüt ovend in't Kino.

No'n Babier

Vör een poor Doog snack mi een Kolleeg so in Vörbigohn an. Du, Gerd, sä he, du kunnst di ook mol wedder de Hoor snieden loten.
Dor heff ick em scharp in de Ogen keken un seggt: Du hest ja överhaupt kien Ahnung!
Dat hett he natürlich nich begrepen, denn he hett ja ook kien Ohnung, wat so een Satz för mi bedüden deit. Loot Di mol wedder de Hoor mieden! – Dat klingt so eenfach – un doch hangt dor soveel an. Wo foken heff ick disse Wöör in mien Jungkeerlstiet von mien Vadder höört. Nich to tellen! As ick foffteihn / sößteihn Johr weer – also 1968 – dor menen wi doch, dat Leven hung af von de Hoor, von de langen Hoor. De lange Hoor harr, de weer in, de kunn sick in de Disco sehn loten, de harr ook Chancen bi de Deerns. De korte Hoor harr, de weer out, 'n Bubi, de bleev alleen. Overs för mien Vadder weern junge Lüüd mit lange Hoor Gammlers un Fuuljacken. De weern gegen allens. Un he harr recht, wi weern ook gegen allens – vör all gegen korte Hoor.
Loot Di de Hoor snieden! Up dissen Satz geev dat dorüm blots ene Antwoot: Nee! Un denn gung dat Spektokel eerst richtig los. Denn geev dat Striet. Denn hefft wi us anbölkt.
Vadder: Wenn du di de Hoor nich snieden lettst, bliffst du dit Wekenenn tohuus.

Ick: Bliev ick nich. Ick spring ut'n Finster.
Vadder: Do doch. Breckst di blots den Hals.
Ick: Ick will overs nich mit so'n afschoren Kopp dör de Welt lopen. De annern lacht mi wat ut.
Vadder: Du bliffst tohuus. Bastaa!
Tja, dat weern harte Tieden domols. As ick denn endlich ut'n Huus weer un studeern dee, leet ick mi foors de Hoor bit up de Schullern wassen. Dat weer för mi Freeheit. Goot, as ick denn de dartig to foten harr, do kemen de langen Hoor ut de Mood, un ick heff se mi ook korter snieden loten – so no un no. Un dat is mi nich licht fullen.
Dorum, wenn een to mi seggt: Du kunnst di ook mol wedder de Hoor snieden loten – denn weet he nich, wat he dor seggt, denn bit vondogen is jede Termin bi'n Barbier för mi een Angang – un wenn mi de Friseur denn froogt: Wie hätten Sie's denn gerne? Denn is mien eerste Satz jedetmol: Die Ohren bleiben bedeckt!

Nosnack

Een schall ja nich slecht över anner Lüüd snacken, schall een nich. Dat hefft de Öllern, de Schoolmesters, de Pastoren, also all, de dat weten mööt, jümmers wedder seggt. Nich slecht snacken un ook mol över wat wegkieken könen. Un dorum do ick dat ook nich, also slecht över anner Lüüd snacken. Ook nich över mien Fründ Dieter, de mi ja siet November dor von vertellt, dat he mi mol to'n Eten inloden will. Jümmers wenn ick em seh, denn heet dat: O ja, wi wullen ja nochmol tosomen utgohn. Stimmt. Nee, dat heff ick nich vergeten, blots du weeßt ja, de Tiet, de Tiet. Overs neegste Week, denn roop ick di an, verspreek ick di. Ick kann't al nich mehr höörn: De Tiet, de Tiet. As wenn ick gor nix to doon harr. Ja, ja, Dieter is een goden Fründ, loot ick nix up komen. Heff ick ja so lehrt, dat een nich Slechts över sien Frünnen ... un so. Blots, nee, ick segg nix mehr. Overs Unkel Albert is ja ook so'n Fall. Nee, dat is een goden Minschen – ween. Ween. Is ja nu al siet'n halv Johr doot. Un över Dode, dor dröff een ja al gor nix Slechts seggen, denn dreiht de sick ja in't Graff um, hett Mudder jümmers seggt. Unkel Albert harr mi ja sien Auto versproken. In de Hand. Kannst mi glöven. Tügen? Of ick dor Tügen för heff? Noch veerteihn Doog vör sien Doot hett he to mi seggt: »Ick heff ja noch den olen Mercedes. Bojohr 1966. Un de löppt noch.« Un denn hett he mi in de Ogen keken un seggt: »Un ick will, dat de in gode Hannen kümmt! Weeß' Bescheed?« Klor, wuß ick Bescheed. Un as he denn dootbleven is, do hett Tant Hedwig mi den Wogen anboden. Anboden – för Geld! Ick schull man seggen, wat he mi weert weer. Stell di sowat vör. Schall ick för mien egen Arvdeel ook noch betohlen. Unkel Albert hett also schien's kien Testament mookt. Oder Tant Hedwig hett dat wegsmeten, as se dat sehn hett. De kennt ja blots: Hebben, hebben, hebben! Un ick kann sehn, wo ick bliev. Overs, nee, ja, allens klor, ick will nix Slechts över anner Lüüd vert... un ook mol över wat wegkieken. Klor, dat kann ick un dat do ick. Blots, an mi denkt nüms.

Verwandschup

Vör een poor Doog pingelt bi mi dat Telefon un een Fro meldt sick.
Goden Dag, Herr Spiekermann.
Goden Dag.
Tja, ick wull se mol frogen, up wecke Oort un Wies sünd Se egens mit den Spiekermann in Bad Bramstedt verwandt?
Ick segg: Överhaupt nich.
Overs Se hefft doch mol vertellt, dat ehr Vadder fröher bi de Post weer un disse Spiekermann ut Bad Bramstedt, de is ook bi de Post.
Mien gode Fro, wat meent Se, woveel Lüüd bi de Post arbeiten doot ...
Tja, de heet overs nich all Spiekermann.

Dat stimmt, overs mien Vadder is al siet fief Johr doot.
Och so. Denn sünd Se overs doch bestimmt mit den Slachter Spiekermann von Finkwarder verwandt.
Nee, ook nich.
Overs se hefft doch ook mol vertellt, dat ehr Vadder ook Huuslachter ween is.
Is he ook, de hett Slachter lehrt.
Jüst so as de Slachter Spiekermann von Finkwarder.
Ja, de schrifft sick overs mit *ck*, wi schrievt us blots mit *k*.
Overs de von Finkwarder is ook ’n Slachter
Ja, overs mit *ck*.
Slachter mit *ck*?
Nee, Spiekermann mit *ck*.
Overs de mookt so gode Wust.
Hett mien Vadder ook mookt, is dorum overs noch lang nich mit den Spieckermann von Finkwarder verwandt.
Hmmm, dat is ja gediegen, seggt de Fro. Un denn kenn ick ook noch een Gastwirt Spiekermann in de Stoder Eck.
Dor hefft wi al gor nix mit to doon.
Wat hefft Se gegen Stood?
Gor nix, ick wull blots seggen, dat wi dor kien Verwandtschup hefft, al gor nich wecke, de Spiekermann heten doot.

Man ehr Vadder weer doch ook mol Gastwirt.
Jo, 15 Johr.
Un Se sünd seker …
Ganz seker. Denn ick heff blots een Verwandten, de ook Spiekermann heten deit. Dat is mien Jung.
Is de bi de Post?
Nee, de is eerst dorteihn Johr oolt.
Denn loot Se em doch Slachter lehrn.
Woso?
Denn kann he achterher so fein dat Geschäft von Spieckermann up Finkwarder övernehmen.
Worum schull he dat doon?
Na, is doch klor, seggt de Fro, denn blifft dat in de Familie.

Vörbiller

Wenn Du Lüüd froogst, of dat Minschen in ehr Leven gifft, de ehr wat bedüüdt hefft, de ehr amenn sogor een Vörbild ween sünd, denn kriggst du Antwoorten as: Goethe mit sien grode Dichtung, de hett mi veel geven. För annerseen is dat grode Vörbild Albert Schweitzer, de soveel Lüüd hulpen hett. Oder Steffi Graf, de ja de Weltbeste Tennisfro is un mit ehrn Sport Millionen mookt hett. Miene gröttsten Vörbiller weern Erwin un Hansi. De kemen jeden Ovend Klock söven to us in't Weertshuus un gungen nich vör Klock 11. Erwin stund den ganzen Ovend an'n Tresen un twors in den Döörgang no de Gaststuuv. Blots *dor* kunn he sien Beer drinken. Wenn Mudder mit'n Tablett in de Gaststuuv muss, de sä se jümmers: Erwin, goh even bisiet. Denn sä Erwin: Allens klor, kien Problem. Un denn gung Erwin bisiet un leet Mudder dör. Un knapp weer Mudder an em vörbi, hett he sick foors wedder in den Döörgang stellt. Wenn Mudder no twee/dree Minuten retourkeem un achtern Tresen wull, denn keem wedder ehr: Erwin, goh even bisiet. Allens klor, kien Problem. Un denn is Erwin bisiet gohn. Weer Mudder an em vörbi, he wedder rin in den Gang. An een normolen Ovend tweeundartig mol rin un rut un ›Allens klor, kien Problem‹. Glieks gegen den Döörgang vör den Tresen, dor seet Hansi up den eersten Hocker. De kunn blots *dor* sien Beer drinken. Hansi kunnst du ja frogen wat du wulltst, sien Antwoort weer blots »Dat is so un dat is so«. Na, Hansi, dat is een Schietwedder buten, wat? »Dat is so un dat is so«. Un wat mookt de Arbeit? »Dat is so un dat is so.« Un wo geiht't dien Fro: »Dat is so un dat is so.« Dat hett up mi as Kind een starken Indruck mookt – un denn heff ick dat ook utprobeert. Mol hett de Schoolmester mi froogt: Gerd, kannst du mi seggen, woveel 9 x 14 sünd? 9 x 14, 9 x 14 – Gott, dat krieg ick nie rut, un dor fullt mi Erwin in: 9 x 14 –

hohoho, allens klor, kien Problem. He hett dat glöövt un mi'n twee geven. Un denn hett de Pastor mi in de Kunfirmandenstünn rankregen: Wat hett dat mit Wiehnachten up sick? Wiehnachten, de will doch seker nix över de Geschenke un so höörn, de denkt an disse Geschicht oder an de Leder. Tja, Herr Paster, heff ick seggt: Dat is so un dat is so. Un dor weer em klor: Ick weet allens, over ook allens över Wiehnachten un hett mi bit to de Konfirmation nich wedder froogt.
Dorum Goethe usw. allens schöön un goot, overs wo dat in't wohre Leven löppt, dat heff ick bi Erwin un Hansi lehrt.

www.nie-wedder.de

Dat gifft ja Lüüd, de sünd wohrhaftig hart von't Schicksool sloon. In Hamborg t.B. hett sick een Mann för 55 000 Euro een nejen Wogen köfft, de dat, so steiht dat in de Papieren, up 227 Stunnenkilometer bringen schall. As he sien Droomauto nu 10 000 Kilometer sachten inföhrt harr, dor hett he denn mol so recht up't Gaspedool pett – wohrschienlich twüschen Hamburg un Bremen. As ick dor mit mien Auto annerletzt bi Hittfeld 'n Lastwogen överhooln wull un just den linken Blinker dooldrückt harr, dor kunn ick in'n Spegel achter an'n Horster Dree-eck al so'n Batterie von veer Halogeenlampen grell uplüchen sehn. So een Signool heet ja: Weg dor, ick koom! Fief Sekunnen loter mook dat ffftttt! Un jichenswat schoot links an mi vörbi. Dat weer bestimmt disse junge Mann mit sien 55 000 Euro-Koor. Man nu weet ick, bi 209 Stunnenkilometer bleev de Tachonodel stohn. Dor kunn he noch so dull petten un doon – mehr weer in de lohme Koor nich in. Un dat wull de Mann nich hennehmen. He hett bi de Autofirma anropen, schreven, faxt – man dat hulp allens nix. 209 – mehr geiht nix. Man wat Recht is, mutt ja Recht blieven, un dorum hett he in't Internet een egen Homepage upmookt: *www.nie-wedder-dit-Auto.de* oder so. Dat he nich alleen is mit sien Arger. Denn up sien Homepage gifft dat ook een Contact-Siet, wo man den goden Mann wat schrieven kann. Ick heff mi dor mol rinklickt. De mehrsten kunnen dat gor nich verstohn, dat he sick so upregen dee, hefft em Dööskopp nöömt un dat he woll nix Beters to doon harr, as sick över so wat uptoregen. Dat verstoh ick nich. Ick kann dissen Mann blots beduurn. Um 18 Kilometer hefft se em bescheten. Dorum heff ick em schreven: »Beste Fründ, ick kann di goot verstohn. Un dat du up anner Gedanken kümmt, bruukst du *Erfolgserlebnisse.* Dorum beed ick di an, dat ick di mol mienen Wogen för een lütte Utfohrt lehen do.

De is mit 139 Stunnenkilometer angeven, man up de Autobohn no Bremen, dor wo du kortens an mi vörbisuust büst, gifft dat een Stee, wo dat so'n ganz lütt beten bargdool geiht – dor heff ick dat ook al mol up 140 bröcht. Een mehr as mi tosteiht. Du glöövst ja nich, wat dat för een wunnerbor Geföhl is. Un dit Geföhl müch ick di ook günnen. Mit beste Gröten von Auto to Auto, Dien Gerd.«
So een Angebot, meen ick, dat kann he doch nich utsloon, oder?

Krimi kieken

Dat gifft ja een Tiet, wo du bi us tohuus nich anropen dröffst: un twors an'n Sönndagovend, wenn de *Tatort* löppt. Blots, dat hett sick noch nich överall rümsnackt.
Kortens leep ook mol wedder Tatort, un mien Fro un ick sitt fein kommodig up'n Sofa. De eerste Viddelstünn leep ganz normol af: dat mookt peng, een Mann fallt doot um, Bloot, de Polizei kümmt, kien Tügen, kien Motiv. Denn pingelt dat Telefon, ick spring up un goh ran: Mien Swegervadder – will weten, wat denn nu dit Johr mit Wiehnachten is. Tja, wi koomt denn an'n eersten Wiehnachtsdag un blievt bit to'n tweden, wenn dat recht is.
Wiehnachten? Dat is doch eerst in veer Monoot!

Wi ploont overs geern 'n beten vörut.
Ja, is us recht.
Un anners?
Anners geiht us dat goot, blots wi kiekt just Tatort.
Och so, na denn noch 'n schönen Ovend.
Ick wedder rup up't Sofa. Wat is passeert? Ja, also, de Fro von den Doden hett kien Alibi. De Kommissar hett nu rutkregen, dat se logen hett, se hett 'n annern. Oha, na denn. Wi kiekt wieder. No twintig Minuten geiht wedder dat Telefon, nu steiht mien Fro up. Us Dochder. Wat will de? Se is just mit ehr Frünnen tohoop un se berootslaggt, wat se Wiehnachten moken doot un dorum will se weten, of wi tohuus fiert oder nich. De hett ja woll 'n Vogel, in de Tatort-Tiet veer Monoot vor Wiehnachten hier antoropen. Legg up! Mien Fro leggt up. Wat is passeert. Tja, also de Leefhebber von de Fro, de kümmt ut Köln. Aha. Un wohrschienlich is dat de Mörder. Oh ja, un dorum hett se ook kien Alibi? Ja, äh nee. Verstoh ick nich. Ick ook nich, nu sett di over hen, geiht wieder. No 'n gode halve Stunn pingelt nochmol dat Telefon. Goh du. Nee, du! Ick weer even. Nee, ick. Knurr. Stimmt. Also, dat kann ja woll nich angohn, an'n Sönndagovend to de beste Fernsehtiet roopt hier egol weg Lüüd an. De kunn ick, de kunn ick … Ja! Wer is dor? Oma, wat is los? Du stöörst … egentlich nich. Kickst du denn kien Fernsehen? Tat-

ort! Oma, Tatort! Showdown. Du wullt weten, wat Wiehnachten is. Wiehnachten is in veer Monoot! Dat geiht just up'n Rest! Nich mit Wiehnachten, mit Moord un Dootslag. Allens klor, denn bit morgen. Tschüs Oma. Wenn nu noch een anrööpt ... wat is nu passeert? Du kümmst to loot. Is to Enn. Och! Un wer is nu de Mörder? De ut Köln? Na, klor, de ut Köln. Dat harr ick nich dacht. Un dat Motiv? He is ehr up de Nerven gohn. Dorum hett he em umbröcht? Tja, de beiden, also de Fro un de ut Köln, de hefft sick jümmers denn dropen, wenn de Mann von de Fro up Reisen weer – un von ünnerwegens hett de Mann ehr denn 'n poormol anropen un wull weten, wo se denn dit Johr Wiehnachten fiern wullen. Kiek an. Un he hett utgereknet jümmers denn anropen, wenn de beiden no ehr Schäferstündchen noch in'n Bett legen un Fernsehn keken hefft. Dat is den Leefhebber so up de Nerven gohn, dor hett he em umbröcht. Is dat nich gräsig?
Nee, ick kann den Mann verstohn.

Krimis moken

Ick heff ja egens ook gor kien Lust mehr up Krimis. De sünd mi to dösig. Denn ick weet nu, no wat för een Strickmuster de mookt ward. Nehmt wi mol an, de speelt in een Hotelzimmer. Tomeist seht wi een smucke Fro mit nich veel an in de Bodestuuv, vör'n Spegel. Se moolt sick just de Lippen an, as upmol dat Telefon pingelt. De Fro schütt dubbelt tohoop, jümmers scheet junge schöne Froonlüüd, de vörn Spegel stoht, dubbelt tohoop, wenn dat Telefon pingelt. Heff ick in't wohre Leven noch nich beleevt. Blots in Krimis. Un denn, dat is dat gröttste, kickt se mit grode bange Ogen no dat Telefon hen. Ick heff al dusende von Minschen sehn – tohuus, bi de Arbeit – man noch kieneen hett no't Telefon henkeken, wenn dat pingelt. Nüms deit dat. Worum ook? Een höört dat Telefon doch. Schauspelers mööt dat doon. Nu nimmt de Fro dat Telefon af un seggt mit bange Stimm: Hallo, hallo. Kien Antwort. Hans, büst du dat? Wedder nix. Nu mookt dat piepiepiepiep. Un wat deit de Fro, de dat ook höörn deit? Se froogt nochmol: Hans, büst du dat? Hans! Un dat geiht egoolweg: Piepiepiep. So blöd is doch kien Minsch. Doch dat kümmt ja noch beter. Se seggt: Upleggt. Is alleen in ehr Hotelzimmer un seggt: Upleggt! Hett de 'n Vogel? Doch dat Beste is: Nu leggt se den Hörer nich up, nee, se starrt em an, den Hörer. Fief Sekunnen tomindst un denn eerst leggt se up. 'n Ogenblick loter ward de Döör openbroken un een Keerl kümmt rin: Hans. Hest du just anropen? Klor, ick wull weten, of du ook dor büst. Worum? Wiel ick di umbringen will. Un nu hoolt he den Revolver

rut. De Fro fangt nich an to schreen, nee, se froogt em: Worum wullt du mi umbringen? Stellt Jo vör. Un Hans seggt: Nu kann ick di dat ja vertellen. Ick kann di nich mehr utstohn. So'n schöne junge Fro mit meist nix an – nich mehr utstohn? Wat mööt dat för een stieseligen Keerl ween. Un wenn he ehr wohrhaftig umbringen will, worum deit he dat nich? He snackt wieder: To'n tweten, ick heff Schulden un denn is dor ja de grode Levensversekerung, de du för mi afsloten hest. Nu leggt he wedder an, doch he hett to lang töövt. De Polizei is dor un smitt em an de Grund. Dor footst du di doch an'n Kopp.
Un wiel ick dat nich uthool, dat Schauspelers blots noch dösige Lüüd spelen mööt, dorum kiek ick mi kien Krimis mehr an.

Huusderten

Kortens wullen mien Fro un ick mol wedder een poor Frünnen to'n Eten inloden – wi hen un her överleggt – un kemen denn up een Ehepoor, dat wi noch nich lang kennen deen un dat us Huus ook noch nich sehn harr. Karin un Bertold. So een Ovend kann ja veel klor moken, ick meen, of dat nu Frünnen ward oder Bekannte blievt. Ick denn ja ran an't Telefon. Karin nehm af. Na, ja, ick heff ehr dat vertellt vonwegen dat Eten un ovends Klock söven un wo wi genau wohnt. Goot. Un as ick noch so an't Snacken weer, dor pingel bi us tohuus een an der Döör – un de beiden Hunnen sloot natürlich an.

Oh, äh, Gerd, hefft Ji 'n Hund?

Nee, twee.

Glieks twee, Mann, dat is ja ... veel?

Och segg ick, wo veer Kinner Platz hefft, dor findt sick ook noch een lütte Stee för twee Hunnen.

Nee, ick meen, de Kinner un de Hunnen, dat is ja veel Arbeit.

Och Gott, Karin, dreemol an'n Dag mööt de rut, de Hunnen, dat höört dor so mit to.

Un wenn dat nu buten regen deit, äh ...

Denn mööt de ook rut.

Ja, ja, dat weet ick, overs ick meen, de sleept doch veel ...

Schiet mit rin, meenst du?

... ja, Schiet mit rin.

Och, nich mehr as de Katten.

In den Momang wurd dat för'n Ogenblick still in de Telefonleitung.

Ji hefft ook Katten?

Ja, fief Stück.

Nu wurd dat so still in de Telefonleitung, dat ick meent heff, de weer woll ünnerbroken.

Büst du noch dor, Karin?

Ja, ja. Also, Klock söven schöölt wi to'n Eten komen.
Hmmmh.
Wedder weer dat still. Aha, dach ick, bi Karin arbeit dat nu.
Äh, segg mol Gerd, so Hunnen, de höört doch up dat, wat du seggst?
Klor.
Overs Katten, de loot sick doch nich so licht kommandeern …
Nu kreeg ick so'n Ohnen, wo se up rutwull.
Nee, sä ick, överhaupt nich, de springt hen, wo se willt.
Ook op'n Disch?
Ook? Just op'n Disch.
Overs Katten, de hoort doch so.
Ja, de hoort ünnern Disch un up'n Disch.
Du Gerd, äh, wecken Dag säst du schull de lütte Fier bi Jo ween?
Tokomen Freedag.
Oh, schood, Bertold mööt denn no Köln to so'n Kongress.
Tja, un wenn mi nu een froogt: Wat mookt Karin un Bertold?
Weet ick nich, segg ick denn, sünd ja blots wietlöftige Bekannte.

Gode Idee

Ick bün ja egentlich nich afgünstig, man dat gifft Lüüd, de hefft Ideen, dor kunn ick doch afgünstig um warrn. To'n Bispill Anne Ford ut Los Angeles mit ehr Firma Gentlehints. Gentlehints, dat sünd so lüttje Tips, lüttje Hülpen för diene lüttje Swacksteen. Also dat geiht so: wenn in dien Firma een Kolleeg oder Kollegin is, de, mol seggen, jümmers so'n beten scharp rüken deit, overs nüms den Moot hett, em oder ehr dat to seggen, denn övernimmt Anne Ford dat för di. In dissen Fall schickt de dien Kolleeg oder Kollegin een Deodorant-Stift un een lütten Breef no Huus. Un dor steiht denn in: Na, wat meent Se, wo disse Deostift woll för goot is? Annersum natürlich genau so. Dat gifft ja Minschen, de nehmt dor jümmers toveel von, de rüükt as de Parfümafedelung von Karstadt. De kriegt ook een lütten Breef mit een Bild, dat een open Finster wiest, un dor ünner steiht: Weniger kann foken ook mehr ween.
Un wenn een Schuppen hett un to glieker Tiet een Faible för dunkelblaue Jacken un is bobento noch de Empfangschef von een groot Hotel un, nüms weet worum, upmol kuum noch een in dit Hotel övernachten will, denn kriggt de een Probepackung Anti-Schuppen-Shampoo. Un in den Breef steiht: Einer, der es gut mit Ihnen meint.

Haha, so een Agentur kunn ick ook bedrieven. Overs ick würd dat poetisch angohn. Mit een ganz persönlich Gedicht för jeden. Also stell di mol vör, ick schull een Keerl dor up henwiesen, dat he toveel smöken deit. De kreeg von mi een Breef mit een lütt Riemel:

Süst du de Graffsteen dor in't Land?
Ehr Zigarettenmarke weer ...sand.

Een Fro, de een rechten Schüürdüvel is un ehr ganze Familie dor mit tramtatert, de schick ick dat Gedicht:

Smiet den Lappen in de Eck,
is gesund, so'n beten Dreck.

Un för een Jung oder Deern, de sien Schoolarbeiten nich moken will, schreev ick dat Gedicht:

Dumm un dösig is nich schöön,
beter is dat klook to ween.

Dat hett doch wat. Also ick bün ganz seker, dat hölpt. De mien lütten Gedichten leest, de süht foorts in, wat he verkehrt mookt hett un stellt dat af.

Doch ick mööt nu uphörn mit vertellen. Denn ick will nich geern, dat een mi ook so'n Gedicht as t.B. dit schicken deit:

Hör mal 'n beten to is ut,
denn Spiekerrnann hööl t nu sien Snuut.

Geburtsdag vergeten

Ick heff wat vergeten, wat, wat een egens nich vergeten dröff – un twors den Geburtsdag von mien Tant Else. Se seggt twors jümmers, dat se dor gor kien Weert up leggt – up ehrn Geburtsdag. Doch wenn du ehr nich anropen deist, denn is de Deubel los.

Disse Gerd, de is ja gor nix weert. Denkt blots an sick sülvst un de annern, de vergitt he eenfach. Utverschoomtheit.

So is se. Sowat kannst' mit een Alpenveilchen nich wedder goot moken, dor mußt du al mit'n Palme komen – för 40 Euro – oder, du lettst di een gode, een richtig gode Utreed infallen.

Viellicht so: Tant Else, stell di vör, ick muss just an dienen Geburtsdag to'n Ünnersöken in't Krankenhuus.

Och, arme Jung, hest denn töven mußt?

Klor, annerthalf Stunnen.

In de Tiet harrst mi ja anropen kunnt.

Dat ward also nix.

Doch nu heff ick't. Se is ja nich mehr de jüngst – un vergitt dorum sülvst ook al mol wat. Ick segg also: Moin, Tant Else, ick wull mol höörn, of du dien Geburtsdag ook goot verleevt hest?

Wat geiht di dat an? Hest ja nich mol anropen.

Wat is los? Ick heff nich anropen? Tant Else, du warrst ja woll tüdelig.

Ick heff morgens Klock teihn bi di anropen.
Hest du mich.
Doch, ick muß ja an den Dag to'n Ünnersöken in't Krankenhuus un wiel ick dor annerthalf Stunn töven muß, heff ick di twüschendöör anropen – direkt ut'n Krankenhuus. Weeßt dat nich mehr?
Hest du nich.
Doch, dat hest du blots verge…
Ick weet sülvst, dat ick dat een oder anner ook mol vergeten do …
… sühst woll, un mi hest du vergeten.
Ick weet, dat ick 'n beten vergeten bün, seggt Tant Else, un dorum schriev mi jümmers all de Lüüd up, de bi mi anropen doot, dat vergeet ick nich, un dien Noom, de steiht nich mit up de List. Un dorum weet ick seker: Du hest mi vergeten. Tschüs! Un denn leggt se up, dat weet ick.
Nu mööt ick also doch noch de 40 Euro för de Palme utgeven, dat se mi vergeven deit, dat ick ehr vergeten heff.
Un dat köönt Ji jo marken: Ook wenn ole Lüüd männigmol al 'n beten vergeten sünd, wenn du ehr vergeten deist, dat vergeet se di nie.

Gastgeschenke

Wenn du mol bi so grode Firmen inloodt warst – Werksbesichtigung, Jublilăum oder so – denn drückt di een nette junge Fro, vör du weggeihst, ja foken noch een lütt Präsent in de Hand. Büst du bi een Versekerung oder een Architektenbüro – denn is dat meist een lütt Schrievsett – Block mit Kugelschriever, wo denn överall in grode Bookstoven de Noom von de Firma upsteiht. Büst du in een Broeree, kriggst du een Sesserpack Beer un dorto een groden linnen Büdel – wo denn groot de Noom von de Broeree updruckt is. Wenn du dat Glück hest un dröffst di mol een Schokoldenfabrik bekieken, denn gifft dat Pralinen un anner Snoopkroom satt, man bobenup liggt noch wat: een T-shirt, wo natürlich ook achtern groot un bunt to lesen is, wo du di de Tähnen un den Mogen mit verdarven deist. Is klor, disse Geschenke hefft twee Sieden: du kriggst wat, man dorför schasst du för de Firma Reklame moken – mit dat Schrievpapier, den Büdel un dat T-shirt.

Man güstern morgen heff ick een Geschenk kregen, dat hett mi de Sprook versloon. Ick harr wat bi een grode Sparkass to doon, un as lütt Willkomensgeschenk geev mi de Filialleiter een lütten griesen Kasten. Bobenup stünd blots dat S för Sporkass, dat weer't. Un as ick den Kasten nu openmook: Mann! Lütte Tangen, Mini-Schruvensslötel, Mini-Mini-

Schruventreckers un een Pinzett – een echten Fienmechanikerkuffer. Velen Dank, Herr Filial... Also, dat mit dat Papier, den Büdel un dat T-shirt, dat begriep ick ja, man wat denkt sick Lüüd von'n Sporkass dorbi, Tangen un Schruventrecker to verschenken? Dat wull mi den ganzen Dag eenfach nich in'n Kopp – bit güstern ovend. Dor sä mien Fro to mi: Deist mi'n Gefallen un hollst noch even 'n poor Euro ut't Geldautomot, ick will morgen Stiefmütterchen kopen.
Dor heff ick mien lütten Sporkassenmechanikerkuffer nohmen, heff mien swatten Mantel antrucken, de Pudelmütz insteken un heff to mien Fro seggt: Dat Geld schasst du hebben – man dat kann 'n beten länger duurn.

Geld her!

Wat ick kortens in de Zeitung leest heff, dat hett mi umhaut: dree ole Frünnen ut Rheinland-Pfalz speelt siet Johr un Dag jede Week Lotto. Jede Week blots enen Kasten för 5,25 Euro – un nu hett dat bumm mookt: se hefft den Jackpot knackt mit 14,6 Millionen. Twors mussen se sick den Gewinn mit een Mann ut Bayern delen, overs för de dree bleven ja denn noch 7,3 Milionen över, deelt dör dree sünd dat

goot 2,4 för jeden. 2,4 Millionen Euro! Stell di vör. Wat kannst du dor allens mit anstellen: kannst di een Villa boen, kannst di een neet Auto kopen un een halv Johr verreisen, eenmol rund um de Welt. Den Rest leggst du up de Bank un her mit de Tinsen. Goot, allens up eenmol geiht vielleicht nich. Is ja allens so düür vondogen. Also, kiene Villa, dorför overs een neet Auto un de Weltreise. Den Rest up de Bank un her mit de Tinsen. Blots wenn du reisen deist, bruukst du ja eerstmol kien neet Auto. Dat steiht ja denn blots vör de Villa rum. Also eerst reisen, denn een neet Auto, denn de Villa. Den Rest up de Bank un her mit de … nee, denn is dat Geld wohrschienlich up. Oder de Villa boen, kiene Weltreise, overs een neet Auto un dormit rumfohren. Un den Rest up de Bank un her mit de Tinsen.
Overs socke Sorgen hefft de dree Frünnen ut de Pfalz nich. Tomindst twee von de dree nich, denn de drüdde, Werner, will dat ganze Geld – 7,3 Millionen – för sick alleen hebben. *He* harr de richtigen Tohlen ankrüüzt, seggt he, un ook de 5,25 Euro betohlt. Un natürlich ook sienen Nomen dor ünner sett. Dorum stund em ook allens to. Kann een sick ja goot vörstellen, dat de Fründschup nu vörbi is. Also, dat kunn mi ja nich passeern. Nee, also wenn ick johrelang mit mien Frünnen tippen do, denn gewinnt wi ook tosomen. Ick keem doch nich up de Idee, blots wiel mien Nomen up den Schien steiht … Also, dat

kunn ick mi … nich … äh … Up de anner Siet is dat ja so, dat du mit 7,3 Millionen natürlich ganz anner Möglichkeiten hest. Denn kannst du di een dicke Villa boen, een dicke Sleden fohren, de Welt bereisen un her mit de Tinsen. Also ick kann mi dat goot vörstellen. Werner krüüzt jede Week de Tohlen an, he mööt den Schien afgeven, he streckt de 5,25 Euro vör un denn, dat kennt een ja, mööt he egolweg achter den Insatz von sien beiden Mackers herbedeln. Betohlen willt se nich, overs gewinnen. Nee, nee, so geiht dat nich. Werner, ick kann di verstohn.

Frömde Betten

För mi steiht nu een Sook felsenfast: Ick sloop nich mehr in frömde Betten. Un twors … nee, nich wat Ji nu denkt … ick snack von Hotelbetten. Wat ick dor wedder beleevt heff, dat hett mi umhaut. Echt wohr. Kortens in so'n schön Hotel in de Lüneborger Heide. Ick sitt ovends noch mit een poor Frünnen tosomen un Klock twölf geiht denn no Bett. Nu is dat so, dat ick in frömde Betten männigmol slecht drömen do, is so. Un denn wook ick up, so midden in de Nacht. Man in mien Drööm bün ick denn meist jichenswo in Südamerika – un von dor no Hamborg is de Weg ja wiet, d. h. ick weet gor nich so recht, wo ick bün. Meen overs bi't Upwoken, ick weer tohuus. Bün overs in de Lüneborger Heide – un föhl mi as in Südamerika. Un wenn ick nachts upwook, denn mööt ick ook foors hooch. De Bloos. Blots, wenn du meenst, du büst tohuus, büst overs in de Lüneborger Heide un föhlst di südamerikonisch, denn kann dat nich gootgohn. Ick will no rechts ut mien Bett utstiegen as tohuus, in de Lüneborger Heide geiht't overs links rut: Bumm. Aua. Nu no de anner Siet. Bi us tohuus geiht no'n Bodezimmer liekut – hier steiht dor een Disch mit een Blomenvoos: bumm, de Voos twei, de Fööt natt. Ick koom nu so bi lütten von Südamerika no Noorddütschland torügg, ick begriep, dat hier wat nich stimmt. Wo is de Lichtschalter? Dor, oh Gott nee, dat is de Fernseher, ick drück un drück – un hüpp nu von een Nachtprogramm in't annere rin – ftt, ftt, ftt. Nu krieg ick dat Kobel tofoten – un rups – de Fernseher is still. Ick will retour no't Bett, de Nachtdischlamp, de Nachtdischlamp, doch ick hokel wedder över wat, mien Kuffer un bumms, ick slo lang hen, bracker mit den Kopp gegen de Bettkant un riet dorbi de Nachtdischlamp dool. Un as ick denn endlich vör'n Spegel in de Bodestuuv stoh, seh ick, dat sick up mien Gesicht ünnert Oog de Huut verfarven deit.

Annern Morgen bün ick al vör Dag un Dau afreist, heff overs mien Brill up't Zimmer liggenloten. As ick denn von tohuus in't Hotel anropen heff – wegen

miene Brill – dor sä de Fro an de Rezeption ganz fründlich: Natürlich schicken wir Ihnen die Brille umgehend zu. Gar kein Problem. Und die Rechnung erhalten Sie dann mit der selben Post.
Wat för'n Reeknung?
Na, für den Fernseher, die Vase und die Nachttischlampe.

Fremd gehen

De Froonslüüd, de hefft ja middewiel us Mannslüüd an veel Steden inhoolt, is ja bekannt. Klor, in de Politik, vör all wenn dat um de Ministerpostens geiht oder bi de Managers, de ja een Heidengeld verdeent, dor sünd Froonslüüd noch nich so foken to sehn, overs in'n Alldag, dor hefft se fix uphoolt. Se smöökt meist al just so veel as wi un Kööm un Beer loodt se ook nich stohn. Is so. Doch nu hefft ick wat leest, dor segg ick: Alarm! Deutsche Frauen gehen heute genauso häufig fremd wie Männer! In'n Klortext: Jede twede Fro in Düütschland is al mol frömdgohn. Hefft Wissenschaftler nu rutkregen. So heff ick mi de Emanzipation ehrlich geseggt nich vörstellt. Doch dat kümmt ja noch slimmer: de Froonslüüd kriegt dat veel beter hen, dat to verbargen. »Frauen sind ganz einfach die besseren Manager. Sie bekommen Arbeit, Ehe, Kinder unter einen Hut. Der Liebhaber ist da nur eine weitere Organisationsaufgabe.« Also, dor fallt mi ja gor nix mehr to in. Wenn wi Mannslüüd in't Büro Akten hen- un herschuuvt, us Dag för Dag afmaracht för de Familie, denn organiseert us Froonslüüd mit lichte Hand ehr Freetiet. Un wiel se so goot plonen köönt, dorum nehmt se an'n leevsten Keerls, de ook verheiroot sünd, denn de sünd lichter to händeln, de söökt ook blots dat korte Vergnögen – un willt vör all ook nich, dat wat rutkümmt. Dat perfekte Verbreken.

Up de anner Siet koomt mi dor ja ook ganz anner Gedanken bi. Ick kenn ja nu ook een ganze Reeg von nette Froonslüüd – verheiroot – so as ick. Sabine t.B., von de kunn ick mi dat goot vörstellen, also dat de to de 50 % hööhrt, de goot organiseern kööhnt. Oder Sabrina. Ick meen sogoor, de harr mi kortens wedder mol so mit ehr Rehogen ankeken, as wenn se seggen wull: Na, hest' hüüt ovend al wat vör? Un denn Hanna, also de nimmt dat bestimmt nich so genau. Blots, de beteren Organisatoren sünd de Froonslüüd, wi Mannslüüd mookt Fehlers, verplappert us oder roopt in'n Sloop den verkehrten Noom, un denn is ja de Deubel los. Denn de Wissenschaftlers hefft ook rutkregen, dat jede twede Ehe denn to Enn is. Dat is natürlich een groot Risiko. Ick stell mi dat just vör, oha. Wat wurd ick denn woll to mien

Fro seggen? Wohrschienlich fallt mi denn blots de letzte Vers von een oolt Leed in:
Es hat mancher zu Hause ein Klavier
und geht trotzdem auch ganz gern mal in's Konzert.

Fingerfood

Wat vondogen so Mood is, dor harr mien Mudder mi fröher een för up de Fingers haut. Ick meen de Oort un Wies von't Eten, de nu överall begäng is. Wenn een upstunns sien Jubiläum oder sien Geburstdag in een modern Restauamt fiern deit, denn gifft dat wat to drinken – so as fröher ook: Sekt, Selters, Orangensaft, blots bi dat Eten fallt wi upmol in de Steentiet retour. Tellers mit Mest un Govel, de gifft dat nich mehr, du möößt dat Eten in de Hand nehmen un denn wegneihen. Dat du overs nich up den Gedanken kümmst, du fallst in de Minschheitsgeschichte um dusende von Johren retour, hett dat Ganze een wunnerboren Noom kregen:
Fingerfood.
De wat up sick höllt, de bütt sien Gästen Fingerfood an.
Een Servierkraft löppt de ganze Tiet dör'n Saal un

höölt de Gäste een Tablett mit disse lütten Happens ünner de Nees. Tja, un nu möößt du tolangen. Wat heet tolangen, du kannst di meist ja blots een Happen nehmen, denn in de anner Hand hest du ja dien Sektglas. Also, grippst du to un sluukst dool. Un weg is dat Tablett. Wenn du mehr wullt, möößt du up den neegsten Törn töven. Dat is nix för smachtige Lüüd, lett sick denken. Un wat is dat för een Smeerkroom, denn foken sünd disse lüttjen Happens ja mit Fleeschsaloot beleggt – un denn hest du Smeerfingers – un de neegste Serviette is wiet weg – un ook wenn dor ene weer – wo schasst du dor mit wischen, wenn du blots ene Hand free hest, in de anner is ja dat Sektglas – un denn kümmt een olen Bekannten un seggt: Moin Gerd! un du wullt em de Hand geven – dien Fingerfood-Hand, de overs smerig is von de Fleeschsaloot-Mayonnaise. In so een Momang heff ick denn jümmers dat Geföhl, glieks kümmt Mudder, haut mi een up de Fingers un seggt: Igitt!

Wat is gegen Fingerfood also nu to moken? As ick kortens ook wedder up so'n Smeerparty weer, dor heff ick to den Ober seggt: Beste Mann, ick heff mi de Hand verstuukt, hier, de is ganz stief, dor kann ick nix mit fastholen: Köönt Se mi nich een lütten Teller mit ehr leckern Happens trechtmoken un mi ook een Govel mitbringen. Sehr wohl, der Herr! Un so bün ick mit een

lütt beten Lögeree doch ohn Smeerkroom satt worrn.
Nu froog ick mi blots: Wat harr mien Mudder dor to seggt?

»i«

Wi leevt ja in de »i«-Tiet, hefft Ji dat wußt? Is een Minsch oder een Sook in, denn geiht dat ut up »i«. Dat geiht so:
Wenn Du in de Zeitungen foken up de eerste, beter noch up de letzte Siet steihst, denn büst du een Promi. Wenn Du een Promi büst overs för längere Tiet verreisen möößt – nich freewillig, meen ick, – denn büst du een Knacki. Süppst du toveel, denn büst gau een Alki. Geiht di't slecht un de Dokter mööt komen, denn gifft't Tabletten – mit Corti. Wenn de nich helpt, un du nich mehr in noch ut weeßt, denn büst du depri.
Mien Fründ Peter is ja een echten Chauvi, denn he snackt von sien Fründin Karin blots as sien Tussi. Man Karin lett em dor ja nich mit dör. Se seggt he is een Schlaffi.
Fernsehn kiekt wi ja al lang nich mehr, dat heet nu TV, Radio is ook ut, de wat up sick höllt, de hett een Hifi. Ook bi't eten is allens »i«! Loos geiht in't Ri-

storante Bellini mit een roden Martini, denn 'n groden Teller antipasti, achterher viellicht scampi oder makkaroni oder sphagetti, dorto gifft dat Brot mit Knobi un för de Kinner pizza funghi. De't lever griechisch mag, de bestellt sick Tsaziki oder Souflaki un achterher noch 'n Raki. Goot eten kannst ook bi'n Chinesen, to'n Bispill Nasi un Bami, doch wer echt in ween will, de geiht na'n Japoner un itt Sushi. Twüschendöör pingelt dat handy, denn mien Schnucki is galli, wiel Wauwi Pipi mookt hett – up den nejen Pulli. Us Wauwi heet Daisy un süht ut as de von Mosi. Ick segg Süßi, nu reeg di nich up, ick heff di wat köfft – een Ring mit'n Brilli. Mien Schnucki will overs kien Brilli, se schimpt blots: du Heini. Un ick segg, mien Putzi, nu wees wedder goot – bussi-bussi.

So, nu weet Ji Bescheed, ick bün groggi un segg tschüssi, Joe Spieki.